冲出云围的月亮
野祭

民国海派文化经典 · 蒋光慈

Classics *of* Shanghai Culture

蒋光慈 著

上海科学技术文献出版社
Shanghai Scientific and Technological Literature Press

图书在版编目（CIP）数据

冲出云围的月亮／蒋光慈著．—上海：上海科学技术文献出版社，2018
（民国海派文化经典）
ISBN 978-7-5439-7716-7

Ⅰ．①冲…　Ⅱ．①蒋…　Ⅲ．①诗集—中国—现代　Ⅳ．①I226

中国版本图书馆 CIP 数据核字 (2018) 第 162604 号

选题策划：张　树
责任编辑：贾素慧
封面设计：周　婧

冲出云围的月亮
CHONGCHU YUNWEI DE YUELIANG
蒋光慈　著
出版发行：上海科学技术文献出版社
地　　址：上海市长乐路 746 号
邮政编码：200040
经　　销：全国新华书店
印　　刷：常熟市人民印刷有限公司
开　　本：850×1168　1/32
印　　张：13
版　　次：2018 年 9 月第 1 版　2018 年 9 月第 1 次印刷
书　　号：ISBN 978-7-5439-7716-7
定　　价：120.00 元
http://www.sstlp.com

出版說明

經典文化，歷久不衰的典範之作。民国海派經典文化書系輯錄中國二十世紀二三十年代的經典著作二十七種，內容涉及詩歌、散文、小說等，如戴望舒《望舒草》《我底記憶》、邵洵美《詩二十五首》《天堂與五月》、陳夢家《夢家詩集》《鐵馬集》、劉大白《秋之淚》、周瘦鵑《紫羅蘭集》、章衣萍《寄兒童們》《隨筆三種》、郁達夫《屐痕處處》《春風沉醉的晚上》、穆時英《南北極》《白金的女體塑像》《交流》、丘東平《紅花地之守禦》、蔣光慈《衝出雲圍的月亮》等，都是具有典範性的傳世佳作。

中國文化，源遠流長。晚近以來，中西文化激蕩，上海是融匯中外文明的樞紐，民國時期大批文化精英彙聚滬上，中西合璧、古今交融，孕育了獨具特色、海納百川的海派文化，留下了豐厚的文化遺產。

民國海派文化經典書系，以館藏民國珍本原版影印，精裝製作，益于讀者閱讀賞析、研究庋藏。此叢書以更加普及的方式便於讀者重溫經典，使一批市面難覓之珍貴刊本進入了普通大眾的視野。

我們致力於優秀文化的發展傳承，出版事業，精益求精，永無止境。我們期待廣大讀者不吝指教，提出寶貴意見，從而更好地滿足讀者的需求，更好地為讀者服務。

編者

二〇一八年七月

衝出雲圍的月
蔣光慈著
SEN.

衝出雲圍的月亮

一

上海是不知道夜的。

夜的障幕還未來得及展開的時候，明亮而輝耀的電光已照遍全城了。人們在街道上行走着，遊逛着，擁擠着，還是如在白天裏一樣。他們毫不感覺到夜的權威。而且在明耀的電光下，他們或者更要興奮些，你只要一到那三大公司的門前，那野鷄會集的場所四馬路，那熱鬧的遊戲場……那你便感覺到一種爲白天裏所沒有的緊張的空氣了。

不過偶爾在一段什麼僻靜的小路上，那裏的稀少的路燈如孤寂的鬼火也似地，半明不暗地在射着無力的光，在屋宇的角落裏滿佈着彷彿要躍躍欲動也似的黑影，這黑影使行人本能地要警戒起來：也許那

裏隱伏着打刼的强盜，也許那裏躺着如鬼一般的行乞的癟三，也許那裏就是鬼……天曉得！……在這種地方，那夜的權威就有點向人壓迫了。

曼英每次出門必定要經過C路，而這條短短的C路就是爲夜的權威所達到的地方。在白天裏，這C路是很平常的，絲毫不令人發生特異的感覺，可是一到晚上，那牠的面目就完全變爲烏黑而可怕的了。曼英的膽量本來是很大的，她曾當過女兵，曾臨過戰陣，而且手上也曾濺過人血……但不知爲什麼當她每晚一經過這C路的時候，她總是有點毛髮悚然，感覺着不安。照着許多次的經驗，她本已知道那是不會有什麼危險的事情發生的，但是她的本能總是警戒着她：那裏也許隱伏着打刼的强盜，也許那裏躺着如鬼一般的行乞的癟三，也許那裏就是鬼……天曉得！

曼英今晚又經過這條路了。她依舊是照常地，不安地感覺着，同時她的理智又譏笑她的這種感覺是枉然的。但是當她走到路中段的時候，忽然聽見一種嗯嗯的如哭泣着也似的聲音，接着她便看見了那牆角裏有一團黑影在微微地移動。她不禁有點害怕起來，想迅速地跑開；但是她的好奇心使她停住了脚步，想近前去看一看那黑影到底是什麽東西，是人還是鬼。她壯一壯膽子，便向那黑影走去。

——是誰呀？——她認出了黑影是一個人形，便這樣厲聲地問。

那黑影顯然是沒有覺察到曼英的走近，聽見了曼英的發問，忽然大大地戰動了一下，這使得曼英嚇退了一步。但她這時在黑暗中的確辨明了那黑影是個人，而且是一個小孩子模樣，便又毅然走近前去，問道：

——你是誰呀？在此地幹嗎？

曼英沒有聽見回答，但聽見那黑影發出的哭聲。這是一個小姑娘的哭聲……這時恐懼心，好奇心，都離開曼英而去了，她只感覺得這哭聲是異常地悲哀，是異常地可憐，又是異常地絕望。她的一顆心不禁跳動起來，這跳動不是由於恐懼，而是由於一種深沉的同情的刺激……

曼英摸着了那個正在哭泣着的小姑娘的手，將她慢慢拉到路燈的光下，仔細地將她一看，只見她有十三四歲的模樣，圓圓的面孔，眼睛哭腫得如紅桃子一般，爲淚水所淹沒住了，她的右手正揩着腮龐的淚水……她低着頭，不向曼英望着……她的頭髮很濃黑，梳着一根短短的辮子……穿着一身破舊的藍布衣……

『這大概是哪一家窮人的女兒……工人的女兒……』曼英這樣想道，仍繼續端詳這個不做聲的小姑娘的面貌。

——你爲什麽哭呢，小姑娘？你叫什麽名字，姓什麽？——曼英這樣開始很溫和地問她，她大約由這一種溫和的話音裏，感覺到曼英不是一個壞人，至少不是她的那個狠毒的姑媽，慢慢地抬起頭來，向曼英默默地看了一會，似乎審視曼英到底是什麽人物也似的，是好人呢還是壞人，可以不可以向這個女人告訴自己的心事：：她看見曼英是一個女學生的裝束，滿面帶着同情的笑容，那兩眼雖放射着很尖銳的光，但那是很和善的：：：她於是很放心了，默默地又重新將頭低下。曼英立着不動，靜待着這個小姑娘的回答。

忽然，小姑娘在曼英的前面跪下來了，雙手緊握着曼英的右手，如神經受着很大的刺激也似地，顫動着向曼英發出低低的，悽慘的聲音：

——先生！小姐！：：：你救我：：：救我：：：他們要將我賣掉，賣

掉……我不願意呵！……救一救我！……

——曼英見着她的那種淚流滿面的，絕望的神情，覺得心頭上好像被一根大針重重地刺了一下。

——哪個要把你賣掉呢？——曼英向小姑娘問了這末一句，彷彿覺得自己的聲音也在顫動了。

——就是他們……我的姑媽，還有，我的姑父……救一救我罷！好先生！好小姐！……

曼英不在問下去了，很糢糊地明白了是什麼一回事。她一時地爲感情所激動了，便冒昧地將小姑娘牽起來，很茫然地將她引到自己的家裏，並沒計及到她是否有搭救這個小姑娘的能力，是否要因爲此事而生出許多危險來：她將小姑娘引到自己的家裏來了。

那是一間如鳥籠子也似的亭子間，然而擺設得却很精緻。一張白

毯子鋪着的小小的鐵床，一張寫字台，那上面擺着一個很大的鏡子及許多書籍……壁上懸着許多很美麗的畫片……在銀白色的電光下，這一間小房子在這位小姑娘的眼裏，是那樣地雅潔，是那樣地美觀，彷彿就如曼英的本人一樣。一進入這一間小房子裏，這位小姑娘便利用幾秒鐘的機會，又將曼英，即她的救主，重新端詳一遍了。曼英生着一個橢圓的白淨的面孔，在那面孔上似乎各部分都勻稱，鼻梁是高高的，眼睛是大而美麗，口是那樣地小，那口唇又是那樣地殷紅……在她那含着淺愁的微笑裏，又顯得她是如何地和善而多情……雅素無花的紫色旗袍正與她的身分相稱……小姑娘從前不認識她，即現在也還不知道她的姓名，然而隱隱地覺着，這位小姐是不會害她的……

曼英叫小姑娘與自己並排地向床上坐下之後，便很溫存地，如姐姐對待妹妹，或是如母親對待女兒一樣，笑着問道：

——你姓什麽，叫什麽名字？

——我姓吳，我的名字叫阿蓮。——小姑娘宛然在得救了之後，很安心地這樣說着了。不過她還是低着頭，不時地向那床頭上掛着的曼英的照片瞟看。曼英將她的手拿到自己的手裏，撫摸着，又繼續地問道：

——你的姑媽爲什麽要將你賣掉？你的媽媽呢？爸爸也願意嗎？

——我的爸爸和媽媽……都死了……小姑娘又傷心地哭起來了，兩個小小的肩頭抽動着。淚水滴到曼英的手上，但是曼英爲小姑娘的話所牽引着了，並沒覺察到這個。

——別要哭，好好地告訴我，——曼英安慰着她說道，——你的爸爸和媽媽死了很久嗎？他們是怎樣死的？你爸爸生前是幹什麽的？……別要哭，好好地告訴我。

小姑娘聽了曼英的話，眼見得用很大的力量將自己的哭聲停住了。她將手從曼英的手裏拿開，從腰間掏出一塊小小的滿佈着汚痕的方巾來，將眼睛拭了一下，便開始爲曼英述說她那爸爸和媽媽的事來。這小姑娘眼見得是很聰明的，述說得頗有秩序。曼英一面注視着她的那只小口的翕張，一面靜聽着她所述說的一切，有時插進去幾句問語。

——爸爸和媽媽死去已有半年多了。爸爸比媽媽先死。爸爸是在閘北通裕工廠做生活的，那個工廠很大，你知道嗎？媽媽老是害着病，什麽兩腿臃腫的病，腫得那末粗，不得動。一天到晚老是要我服侍她。爸爸做生活，賺錢賺得很少，每天的柴米都不夠，你看，哪有錢給媽媽請醫生治病呢？這樣，媽媽的病老是不得好，爸爸也就老是不開心。他整日地怨天怨地，不是說命苦，就是說倒霉。有時他會無

原無故地駡起我來，說我爲什麽不生在有錢的人家……不過，他是很喜歡我的呢。他從來沒打過我。他不能見着腫了腿的媽媽，一見着就要嘆氣。媽媽呢，只是向我哭，什麽命苦呀，命苦呀，一天總要說得幾十遍。我是一個小孩子，又有什麽方法想呢？……

『去年有一天，在閘北，街上滿滿地都是工人，列着隊，喊着什麽口號，聽說是什麽示威運動……我也說不清楚那到底是一回什麽事情。爸爸這一天也在場，同着他們喊什麽打倒……打倒……他已經是上了年紀的人，爲什麽也要那樣子呢？我不曉得。後來不知爲着什麽，陡然間來了許多兵，向着爸爸們放起槍來……爸爸便被打死了……

……』

阿蓮說到此地，不禁又放聲哭起來了。曼英並沒想勸慰她，只閉着眼想像着那當時的情形……

——小姐，請你告訴我，他們爲什麼要把我的爸爸打死了呢？他是一個很老實的人，又沒犯什麼法……——阿蓮忽然停住了哭，兩眼放着熱光，很嚴肅地向曼英這樣問着說，曼英一時地爲她所驚異住了。兩人互相對視了一會，房間中的一切即時陷入到沉重的靜默的空氣裏。後來曼英開始低聲地說道：

——你問我爲什麼你的爸爸被打死了嗎？因爲你的爸爸想造反；……因爲你們的日子過得太不好了，你的媽媽沒有錢買藥，請醫生，你沒有錢買布縫衣服……他想把你們的日子改變得好些，你明白了嗎？可是這就是造反，這就該打死……

——這樣就該打死嗎？這樣就是犯法嗎？——阿蓮更將眼光向曼英逼射得緊了，彷彿她在追問着那將她的爸爸殺死了的劊子手也似的。曼英感覺到一種沉重的心靈上的壓迫，一時竟回答不出話來。

——這樣就該打死嗎？這樣就是犯法嗎？——阿蓮又重複地追問了這末兩句，這逼得曼英終於顫動地將口張開了。

——是的，我的小姑娘，現在的世界就是這樣的……

阿蓮聽了曼英的答案，慢慢地低下頭來，沉默着不語了。這時如果曼英能看見她的眼光，那她將看見那眼光是怎樣地放射着絕望，悲哀與懷疑。

曼英覺得自己的答案增加了阿蓮的苦痛，很想再尋出別的話來安慰她，但是無論如何找不出相當的話來。她只能將阿蓮的頭抱到自己的懷裏，撫摸着，溫聲地說道：

——呵，小妹妹，我的可憐的小妹妹……

阿蓮沉默着受她的撫慰。在阿蓮的兩眼裏這時沒有淚潮了，只射着枯燥的，絕望的光。她似乎是在思想着，然而自己也不知道她所思

想的是什麼……

忽然曼英想起來阿蓮的述說並沒有完結，便又向阿蓮提起道：

——小妹妹，你爸爸是被打死的，但是你媽媽又是怎樣死的呢？你並沒有說完呀。

阿蓮始而如沒聽着也似的，繼而將頭離開曼英的懷裏，很突然地面向着曼英問道：

——你問我媽媽是怎樣死的嗎？

曼英點一點頭。

阿蓮低下頭來，沉吟了一會，說道：

——媽媽一聽見爸爸死了，當晚趁着我不在跟前的時候，便用剪刀將自己的喉管割斷了…………當我看見她的時候，她死得是那樣地可怕，滿臉都是血，睜着兩個大的眼睛……

阿蓮用雙手將臉掩住了，全身開始顫動起來，眼見得她又回復到當時她媽媽自殺的慘象。她並沒有哭，然而曼英覺得她的一顆心比在痛哭時還要顫動。這樣過了幾分鐘，曼英又重復將她的頭抱到懷裏，撫摸着說道：

——小妹妹，別要這樣呵，現在我是你的姐姐了，諸事有我呢，別要傷心罷！

阿蓮從曼英的懷裏舉起兩眼來向曼英的面孔望着，不發一言，似乎不相信曼英所說的話是眞實的。後來她在曼英的表情上，確信了曼英不是在向她說着謊言，便低聲地，如小鳥哀鳴着也似地，說道：

——你說的話是眞的嗎？你眞要做我的姐姐嗎？但是我是一個很窮的女孩子呢……

——我也是同你一樣地窮呵。——曼英笑起來了。——從今後你

就住在我這裏，喊我做姐姐好嗎？

阿蓮的臉上有點笑容了，默默地點點頭。曼英見着了她的這種神情，也就不禁高興起來，感覺到很大的愉快。這時窗外響着賣餛飩的梆子聲，這引起了曼英的一種思想：這位小姑娘大概沒有吃晚飯罷，也許今天一天都沒有吃飯……

——小妹妹，你肚子餓嗎？

阿蓮含着羞答道：

——是的，我從早就沒有吃飯。

於是曼英立起身來，走出房去，不多一會兒就端進一大碗餛飩來。阿蓮也不客氣，接過來，伏在桌子上，便一氣吃下肚裏。曼英始而呆視着阿蓮吃餛飩的形狀，繼而忽然想道：『她原來是從人家裏逃出來的，他們難道說不來找她嗎？如果他們在我的家裏找到她，那他

們不要說我是拐騙嗎？………這倒如何是好呢？』於是曼英有點茫然了，心中的愉快被苦悶佔了位置。她覺着她不得不救這個可憐的，現在看起來又是很可愛的小姑娘……她已經把這個小姑娘當做自己的小妹妹了。但是……如果不幸而受了連累……

曼英不禁大爲躊躇起來了。『怎麼辦呢？』這個問題將她陷入於困苦的狀態。而且她一瞬間又想起來了自身的身世，那就是她也是被社會踐踏的一個人，因此她恨社會，恨人類，希望這世界走入於毀滅，那時將沒有什麼幸福與不幸福，平等與不平等的差別了，那時將沒有了她和她一樣被侮辱的人們，也將沒有了那些人面獸心的，自私自利的魔鬼……那時將一切都完善，將一切都美麗……不過在這個世界未毀滅以前，她是不得將她的恨消除的，她將要報復，她將零星地侮辱着自己的仇人。而且，她想，人類既然是無希望的，那她再不必

憐憫任何人，也不必企圖着拯救任何人，因爲這是無益的，無意義的呵……現在她冒然地將這個小姑娘引到自己的家裏，這是不是應該的呢？具着這種思想的她，是不是有救這個小姑娘的必要呢？不錯，從前，她是曾爲過一切被壓迫的人類而奮鬥的，但是，現在她是在努力着全人類的毀滅，因此，她不應再具着什麼憐憫的心情，這就是說，她現在應將這個小姑娘再拉到門外去，再拉到那條惡魔的黑街道讓她哭泣。

這些思想在曼英的腦中盤旋着不得歸宿……她繼續向吃饂飩的阿蓮呆望着，忽然看見阿蓮抬起頭來，兩眼射着感激的光，向曼英微笑着說道：

——多謝你，姐姐！我吃得很飽了呢。

這種天真的小姑娘的微笑，這種誠摯的感激的話音，如巨大的霹

靄也似的，將曼英的腦海中所盤旋着的思想擊散了。不，她是不能將這個小活物拋棄的，她一定要救她！……

曼英不再思想了，便接着阿蓮的話向她問道：

——你吃飽了嗎？沒有吃飽還可以再買一碗來。

——不，姐姐，我實在地吃飽了。

因爲吃飽了的原故，阿蓮的神情更顯得活潑些，可愛些。曼英又默默地將她端詳了一會，愉快的感覺不禁又在活動了。

曼英的臉上波動着愉快的微笑……

這時，從隔壁的人家裏傳來了鐘聲，噹噹地響了十一下……曼英驚愣了一下，連忙將手錶一看，見正是十一點鐘了，不禁露出一點不安的神情。她想道，『今晚本是同錢培生約好的，他在S旅館等我，叫我九點半鐘一定到。可是現在是十一點鐘了，我去還是不去呢？若

要去的話，今夜就要把這個小姑娘丟在房裏，實在有點不妥當……得了，還是不去，等死那個雜種！買辦的兒子！……』

於是曼英不再想到錢培生的約會，而將思想轉到阿蓮身上來了。這時阿蓮在翻着寫字台上的畫册，沒有向曼英注意，曼英想起『他們要把我賣掉』一句話來，便開口向阿蓮問道：

——阿蓮，你說你的姑媽要將你賣掉，爲什麼要將你賣掉呢？你今晚是從她家裏跑出來的嗎？

正在出着神，微笑着，審視着畫片——那是一張畫着飛着的安琪兒的畫片——的阿蓮，聽見了曼英的問話，笑痕即刻從臉上消逝了，現出一種苦愁的神情。沉吟了一會，她目視着地板，慢聲地說道：

——是的，我今晚是從我的姑媽家跑出來的。爸爸和媽媽死後，姑媽把我收在她的家裏。她家裏是開裁縫舖子的。起初一兩個月，她

和姑父待我還好，後來不知爲什麽漸漸地變了。一家的衣服都叫我洗，我又要掃地，又要燒飯，又要替他們倒茶拿烟……簡直把我累死了。可是我是一個沒有父母的人又有什麽法子想呢？只好讓他們蹧踏我……我吃着他們的飯呀……不料近來他們又起了壞心思，要將我賣掉……

——要將你賣到什麽地方去呢？——曼英插着問了這末一句。

——他們要把我賣到堂子裏去，——阿蓮繼續着說道，——他們只當我是一個小孩子，不知事，說話不大避諱我，可是我什麽都明白了。就在明天就有人來到姑媽家領我……我不知道那堂子是怎樣，不過我聽見媽媽說過，那吃堂子的飯是最不好的事情，她就是餓死，也不願將自己的女兒去當嫽子……那賣身體是最下賤的事情！……我記得媽媽的話，無論怎樣是不到堂子裏去的。我今天趁着他們不防備便跑

出來了……

這一段話阿蓮說得很平靜，可是在曼英的腦海中却掀動了一個大波。『那吃堂子的飯是最不好的事情……那賣身體是最下賤的事情……』這幾句話從無辜的，純潔的阿蓮的口中發出來，好像棒錘一般，打得她的心痛。這個小姑娘是怕當妓女才跑出來的，才求她搭救……而她，曼英，是怎樣的人呢？是不是妓女？是不是在賣身體？若是的，那嗎，她在這位小姑娘的眼中，就是最下賤最不好的人了，她還有救她的資格嗎？如果阿蓮知道了此刻立在她的面前的人，答應要救她的人，就是那最下賤的婊子，就是那賣身體的人，就是她所怕要充當的人，那她將要有如何表示呢？那時她的臉恐怕要嚇變了色，她恐怕即刻就要呼號着從這間小房子跑出去，就使曼英用盡生平的力氣也將她拉不轉來……那該是一種多末可怕的景象呵！曼英將一個人孤單

地留在自己的房裏，受了阿蓮的裁判，永遠地成爲一個最下賤的人！這裁判比受什麼酷刑都可怕！……不，無論如何，曼英不能向阿蓮告訴自己的本相，不能給她知道了眞情。什麼事情都可以，但是這……這是絕對不可以的！曼英這時不但不願受阿蓮的裁判，更不願阿蓮離她而去。

但是曼英是不是妓女呢？是不是最下賤的人呢？曼英自問良心，絕對地不承認，不但不承認，而且以爲自己是現社會最高貴的人，也就是最純潔的人。不錯，她現在是出賣着自己的身體，然而這是因爲她想報復，因爲她想藉此來發洩自己的憤恨。當她覺悟到其牠的革命的方法失去改造社會的希望的時候，她便利用着自己的女人的肉體來做弄這社會……這樣，難道能說她是妓女，是最下賤的人嗎？如果阿蓮給了曼英這種裁判，那只是阿蓮的幼稺的無知而已。

但是阿蓮的裁判對於曼英究竟是很可怕，無論如何，她是不願受阿蓮的裁判的。那錢培生，買辦的兒子，或者其他什麽人，可以用槍將曼英打死，可以將曼英痛擊，這曼英都可以不加之稍微的注意，但她不願意阿蓮當她是一個不好的人，不願意阿蓮離她而去，將她一個人孤單地，如定了死刑也似地，留在這一間小房裏。不，什麽都可以，但是這……這是不可以的！

曼英不預備將談話繼續下去了。她看見阿蓮只是打呵欠，知道她是要睡覺了，便將床鋪好，叫阿蓮將衣解開睡下。阿蓮在疲倦的狀態中，並沒注意到那床是怎樣地潔凈，那被毯是怎樣地柔軟，是爲她從來所沒享受過的。小孩子沒有多餘的思想，她向床上躺下，不多一會兒，便呼呼地睡着了。

阿蓮覺着自己得救了，不會去當那最下賤的婊子……她可以安心

睡去了。曼英立在床邊，看着她安靜地睡去，接着在那小姑娘的臉上，看見不斷地流動着天眞的微笑的波紋，這使得曼英恍惚地憶起來一種什麼神聖的，純潔的，曾爲她的心靈所追求着的憧憬……這又使得曼英憶起來自己的童年，那時她也是這末樣一個天眞的小姑娘，也許在睡覺時也是這樣無邪地微笑着……也許這躺着的就是她自己，就是她自己的影子……

曼英於是躬起腰來，將頭伸向阿蓮的臉上，輕輕地，溫存地，微笑着吻了幾吻。

二

窗外的雨淅瀝地下着，那一種如怨如訴的音調，在深夜裏，會使不入夢的人們感覺到說不出的，無名的緊張的悽苦，會使他們無愁思也會發生出愁思來。如果他們是被擯棄者，是生活中的失意者，是戰場上的敗將，那他們於這時會更感到身世的悲哀，頻頻地要溫起往事來。

今夜的曼英是爲這雨聲所苦惱着了……從隔壁傳來了兩下鐘聲，這證明已是午夜兩點鐘的辰光了，可是她總是在床上翻來覆去睡不着。她本想擯去一切的思想，但是思想如潮水一般，在她的腦海裏激蕩，無論如何也擯去不了。由阿蓮的話所引起來的思想，雖然一時地

被曼英所收束了，可是現在又活動起來了，牠就如淅瀝的雨一點一點地滴到她的心窩也似的，使得那心窩顫動着不安。她是不是在做着妓女的勾當呢？她是不是最下賤的賣身體者呢？呵，如果此刻和她睡在一張床上的小姑娘，從半夜醒來，察覺到了她的祕密，而即驚慌地爬起身來逃出門去，那該是多末樣地可怕，多末樣地可怕……

曼英想到此處，不禁打了一個寒噤。一方面她在意識上不承認自己是無知的妓女，不承認自己是最下賤的賣身體者，但是在別一方面，當她想起阿蓮的天眞的微笑，聽着她的安靜的鼾聲的時候，她又彷彿覺得她在阿蓮面前做了一件巨大的，不可赦免的罪過……唉，這是怎麼一回事呢？最討厭的思想呵！……

她知道，如果在一年以前，當她爲社會的緊張的潮流，那一種向上的，熱烈的，充滿着希望的氛圍所陶醉，所擁抱着的時候，那她將

不會在這個小姑娘面前發生絲毫的慚愧的，不安的，苦惱的感覺，那她將又是一樣地把持着自己。但是現在……現在她似乎和從前的她是兩個人了，是兩個在精神上相差得很遠的人了……雖然曼英有時嘲笑自己從前的癡愚，那種枉然的熱烈的行爲：社會是改造不好的，與其幻想着將牠改造，不如努力着將牠破毀！……這是曼英現在所確定了的思想。她不但不以爲自己比從前壞，而且以爲自己要比從前更聰明了。但是現在在這個無知的小姑娘面前，她忽然生了慚愧和不安的感覺，似乎自己眞正有了點不潔的樣子，似乎現在的聰明的她，總有點及不上那一年前的愚癡的女兵。這到底是怎麼一回事呢？唉，苦惱呵！……曼英幾乎苦惱得要哭起來了。

她慢慢地回想起來了自己的過去。

那是春假期中的一天下午。家住在省城內和附近的同學們都回家

去了，在校中留下的只是從遠處來的學生。曼英的家本是住在城內的，可是在放假的第一天，她並不打算回家，因為她等待着她的男友柳遇秋自H鎮的來信，她計算那信於這一天一定是可以到的。果然，那信於那一天下午帶着希望，情愛和興奮投到曼英的手裏了。

信中的大意是說，『我的親愛的妹妹！此間真是一切都光明，一切都是活生生的現象……軍事政治學校已經開學了，你趕快來罷，再遲一點兒，恐怕就要不能進去了！那時你將會失望……來罷，來罷，趕快地來！……』

這一封信簡直是一把熱烈的情愛的火，將曼英的一顆心在歡快的激蕩中燃燒起來了。她由這封信開始幻想起那光明的將來：她也許會如那法國的女傑一般，帶着英勇的戰士的隊伍，將中國從黑暗的壓迫下拯救出來……就不然，她也可做一個普通的忠實的戰士，同羣衆們

歌唱着那勝利的凱歌。至於柳遇秋呢？……她愛他，從今後他們可以在一起做着光明的事業了，將時常談話，將時常互相領略着情愛的溫存……然而，曼英那時想道，這是末一層了。

曼英將柳遇秋的信反覆地讀了幾遍，不禁興奮得臉孔泛起紅來，似乎全身的血液都沸騰起來了的樣子。她連忙跑到她的好友楊坤秀的房裏，不顧楊坤秀在與不在，便老遠地喊起來了：

——坤秀！坤秀！來，我的好消息到了！……

正在午睡的坤秀從夢中醒來，見着歡欣地紅着臉的曼英立在她的床前，不禁表現出無限的驚愕來：

——什麼事情，這樣地亂叫?!得到寶貝了嗎？

——比得到寶貝還緊要些呢！——曼英高興地笑着說。於是她向坤秀告訴了關於柳遇秋的信，她說，她決定明天就動身到H鎮去……

——坤秀，你要知道這是千載一時的機會呵！我非去不可！——她這樣地補着說。

楊坤秀，一個年紀與曼英相彷的胖胖的姑娘，聽了曼英的話之後，腮龐現出兩個圓圓的酒窩來，不禁也興奮起來了。

——我可以和你同去嗎？——坤秀笑着這樣堅決地問。

——你眞的也要去嗎？那就好極了！——曼英喜歡得跳起來了。

——你不會說假話嗎？——曼英又補着反問這末一句。

——誰個和你說假話來！

這最後的一句話是表明着坤秀是下了决心的了，於是曼英開始和她商量起明天動身的計劃來。初次出門，兩個女孩兒家，是有許多困難的，然而她們想，這又有什麽要緊呢？出門都不敢，還能去和敵人打戰嗎？現在應當是女子大着膽去奮鬥的時代了。……

當晚她回到自己的家裏。快要到六十歲了的白髮的母親見着曼英回來了，依舊歡欣地向她表示着溫存的慈愛。哥哥不在家裏，不知到什麼地方去了，曼英也沒有問起。在和母親談了許多話之後（她沒有告訴她要到H鎭去當女兵去呵！），她走到自己的小小的房間裏，那小房間內的一切，在綠色燈傘的電光下，依舊照常地歡迎着牠們的主人，向牠們的主人微笑……你看那桌子上的瓶花，那壁上懸着的畫片，那爲曼英所心愛的一架白膠鑲着邊的鏡子……但是曼英明天要離牠們而去了，也許是永遠地要離牠們而去了。曼英能不動物主之感嗎？她是在這間房子內度着自己青春的呵！……然而曼英這時的一顆心只繫在柳遇秋的一封信上，也許飛到那遙遠的H鎭去了，並沒曾注意到房間內的一切的存在。因之，她一點兒傷感的情懷都沒有，僅爲着那迷茫的，在她這時以爲是光明的將來所沉醉着了。

她將幾件零用的東西收拾了一下。將路費也藏收好了……

如果在雨聲淅瀝的今夜，曼英苦惱着，思想起來自己的過去，則在那當她要離家而赴H鎮的前夜，可以說她的思想完全消耗到對於自己的將來的描寫了。那時她的心境是愉快的，是充滿着希望的，是光明的，光明得如她所想像着的世界一樣。不錯，曼英還記得，那時她一夜也是未有入夢，像今夜的輾轉反側一樣，但是那完全是別一滋味，那滋味是甜蜜的，濃郁的。

第二天，天剛發亮，她就從床上起來了。她和坤秀約好了，要趕那八點半鐘的火車……母親見她起得這樣早，不免詫異起來：

——英兒，你爲什麼這樣早就起來了呢？學校不是放了假嗎？

——有一個同學今天動身到H鎮去，我要去送她的行呢。——曼英見着她的衰老的老母親的一副可憐的形容，雖然口中很活像地扯着

謊，可是心中總有點難過。她覺着自己的眼眶內漸漸要湧起淚潮來。但是她忍着心轉而一想，『匈奴未滅，何以家為！……』便即忙地走出家門，不再向她的母親回顧了。

……她們終於上了火車。在三等的車箱中，人衆是很擁擠着，曼英和坤秀勉強地得到了一個坐位。她伏着窗口，眺望那早晨的，清明的，綠色的原野，柔軟的春天的風一陣一陣地吹到她的面孔上，吹散了她的頭髮，給她以無限的，新鮮的，愉快的感覺。初升的朝陽放射着溫暖而撫慰的輝光，給與人們以生活的希望。曼英覺得那朝陽正是自己的生活的象徵，她的將來也將如那朝陽一樣，變為更光明，更輝耀。總而言之，曼英這時的全身心充滿着向上的生活力，如果她生有翼翅，那她便會迎朝陽而飛去了。

當曼英向着朝陽微笑的時候，富於脂肪質的坤秀，大約昨夜也沒

有入夢，現在伏在衣箱子上呼呼地睡着了。曼英想將她推醒；與自己共分一分這偉大的自然界的賜與，但見着她那疲倦的睡容，不禁又把這種思想取消了。

當晚她們到了H鎮，找到了一家旅館住下……也許是因爲心理的作用罷，曼英看見H鎮的電燈要比別處亮，H鎮一切的現象要比別處新鮮，H鎮的空氣似乎蘊含着一種說不出的香味，就是連那賣報的童子的面孔上，也似乎刻着革命兩個字……

她慶幸她終於到了H鎮了。

在旅館剛一住下脚，她便打電話給柳遇秋，叫他即刻來看她，可是柳遇秋因爲參加一個什麽重要的會議，不能分身，說是只能等到明早了。曼英始而有點失望，然轉而一想，反正不過是一夜的時間，又何必這樣着急呢？……於是她也就安心下來了。

第二天一清早，當曼英和她的同伴剛起床的時候，柳遇秋便來了。這是一個穿着中山裝，斜掛着皮帶，挾着黑皮包的青年，他生着一副白淨的面孔，鼻梁低平，然而一雙眼睛却很美麗，放射着嫵媚的光。曼英大概是愛上了他的那一雙眼睛，本來，那一雙眼睛是很能引動女子的心魂的。

曼英見着柳遇秋到了，歡喜得想撲到他的懷裏，但是一者坤秀在側，二者她和柳遇秋的關係還未達到這種親暱的程度，便終於將自己把持住了，沒有那樣做。

他們開始談起話來：曼英將自己來H鎮的經過告知柳遇秋，接着柳遇秋便滿臉含着自足的笑容，一五一十地將H鎮的情形說與她倆聽，並說明了軍事政治學校的狀況。後來他並且說道，不久要打倒北京，要完成偉大的事業……曼英聽得如癡如醉，不禁很得意地微笑起

來了。這微笑一半是由於這所謂『偉大的事業』的激動，一半也是由於她看見了柳遇秋這種有爲的，英雄的，同時又是很可愛的模樣，使她愉快得忘了形了。呵，這是她所愛的柳遇秋，這是她的，而不是別人的，而不是楊坤秀的！……曼英於是在坤秀面前又有點矜恃的感覺了。

過了三日，她們便搬進軍事政治學校了。曼英還記得，進校的那一天，她該是多末地高興，多末地富於新鮮的感覺！同時又是怎樣地畏懼，畏懼自己不能符合學校的希望。但是曼英是很勇毅的，她不久便把那種畏懼的心情擯去了。已經走上了火線，還能退後嗎？……

於是曼英開始了新的生活：穿上了灰色的軍衣，帶上了灰色的帽子，儼然如普通的男兵一般，不但有時走到街上不會被行人們分別出來，而且她有時照着鏡子，恐怕也要忘却自己的本相了。在日常的生

活之中，差不多完全脫去了女孩兒家的習慣，因爲這裏所要造就的，是純樸的戰士，而不是羞答答的，嬌豔的女學生；這裏經常所討論的，是什麼國際情形，革命的將來……而不是什麼衣應當怎樣穿，粉應當怎樣擦，怎樣好與男子們戀愛……不，這裏完全是別的世界，所過的完全是男性的生活！如果從前的曼英的生活，可以拿綉花針來做比喻，那末現在她的生活就是一隻强硬的來福槍了。在開始的兩個禮拜，曼英未免有點生疏，不習慣，但是慢慢地，慢慢地，一方面她克服了自己，一方面也就被環境所克服了。

女同學們有二百多個。花色是很複雜的，差不多各省的人都有。有的說話的話音很奇怪，有的說話簡直使曼英一句也聽不懂。有的生得很强壯，有的生得很醜，有的兩條腿下行走着一雙牢裹過的小脚……但是，不要看她們的話音是如何地不同，面貌是如何地相差，以至

於走路時那裹過的與沒有裹過的脚是如何地令人容易分別，但是在她們的身上似乎有一件類似的東西，如同被新鮮的春陽所照射着一樣。在她們的眼睛裏閃着同一的希望的光，或者在她們的腦海裏也起伏着同一的思想，在她們的心靈裏也充滿着同一的希望。一種熱烈的，濃郁的，似乎又是甜蜜的氛圍，將她們緊緊地擁抱着，將她們化成爲一體了，因此，曼英有時覺着自己不是自己，而僅是這個集體的一部分。這時，曼英的好友，楊坤秀，雖然有時因爲生活的艱苦，會發出來許多怨言，但她究竟也不得不爲這種氛圍所陶醉了。

女同學中有一個姓崔的，她是來自那關外，來自那遙遠的奉天。她剛是十七歲的小姑娘，尙具着一種天眞的稚氣。但她熱烈得如火一般，宛然她就是這世界的主人，她就是革命的本質。如果曼英有時還懷疑自己，還懷疑着那爲大家所希望着的將來，那她，這個北方的小

姑娘，恐怕一秒鐘也沒懷疑過，宛然她卽刻就可以將立在她的面前的光明的將來實現出來。曼英淸淸楚楚地記得，她的那一雙圓眼睛是如何地射着熱烈的光，她的腮龐是如何地紅嫩，在那腮龐上的兩個小酒窩又是如何地天眞而可愛……曼英和她成爲了很親密的朋友。她稱呼曼英爲姐姐，有時她却遲疑地向曼英說道：

——我不應當稱呼你姐姐罷？我應當稱呼你同志，是不是？這姐姐兩個字恐怕有點封建罷？……

曼英笑着回答她，說，這姐姐兩個字並沒有什麽封建的意味，她還是稱呼她爲姐姐好。姐姐，這兩個字，是表示年齡的長幼，而並不表示什麽革命不革命，如果她稱呼曼英爲姐姐，那她是不會有什麽『反革命』的危險的……

這個北方的小姑娘聽了曼英的話，也就很安然地放了心了，繼續

着稱呼她爲姐姐。

那時，曼英有時幻想道：人類到了現在恐怕是已經到了解放的時期了，你看，這個小姑娘不是人類解放的象徵嗎？不是人類解放的標幟嗎？……

曼英現在固然不再相信人類有解放的可能了，但是那時……那時她以爲那一個圓眼睛的天眞的小姑娘，就是人類解放的證據：有了這麽樣的小姑娘，難道說人類的解放不很快地要實現嗎？那是沒有的事！……曼英那時是這樣確定地相信着。

因爲生活習慣完全改變了的原故，曼英幾乎完全忘却自己原來的女性了。從前，在C城女師讀書的時候，雖然曼英已經是一個很解放的女子了，但她究竟脫不去一般女子的習慣：每天要將頭髮梳得光光的，面孔擦得白白的，衣服穿得整整齊齊的……有時拿鏡子照一照自

己，曼英見着那鏡中微笑着的，宛然是一個風姿綽約的美人，你看，那一雙秀目，兩道柳眉，雪白的面孔，紅嫩欲滴的口唇，這不是一個很能令男子注目的女性嗎？……曼英也同普通的女子一樣，當發現自己生得很美麗的時候，不禁要意識到自己的高貴和幸福了。那時，與其說曼英是一個自以爲解放了的女子，不如說曼英是一個自得的美人。但是進入了軍事政治學校以後，曼英完全變成爲別一個人了。她現在很少的時候照過鏡子，關於那些女孩兒家的日常的習慣，她久已忘却到九霄雲外去了。她現在只意識到自己是一個兵，是一個戰士而已。偶而在深夜的時分，如果她沒有入夢，也曾想起男女間的關係，也曾感覺到自己的年青的肉體和一顆跳動的心，開始發生着性愛的要求……但是當天光一亮，起身號一鳴的時候，她卽刻把這些事情都忘却了。她又開始和大家說笑起來，操練起來，討論起來什麽革命與反

革命；……

但是，無論如何曼英是怎樣地忘却了自己的女性，在一般男子看來，她究竟還是一個女子，而且是一個很美麗的女子。在同校的一般男學生中，有的固然也同曼英一樣，忘却了自己的男性，並不追求着女性的愛慰，但是有的還是很注意到戀愛的問題，時時向女同學們追逐。女同學們中間之好看一點的，那當然更要爲他們追逐的目標了。曼英現在雖然是女兵的打扮，雖然失去了許多的美點，雖然面孔也變黑了許多，但是她並不因此而就減少了那美人的丰韻。她依舊是一個美人，雖然她自己也許沒意識到這一層。

女同學們中弱一點的，就被男同學們追逐上了。肥胖的楊坤秀似乎也交了幾個男朋友……但是曼英想道，她來此地的目的並不是談戀愛，談戀愛也就不必來此地……而況且現在是什麼時候呢？是革命青

年們談戀愛的時候嗎？這簡直是反革命！……

但是男同學們追逐着曼英，並不先問一問曼英的心情。他們依舊地向她寫信（照着曼英的意思，這是些無恥的肉麻的信。），依舊在閒空的時候就來訪看她。有的直接向她表示自己的愛慕，有的不敢直接地表示，而藉故於什麽討論問題，組織團體：：這眞把曼英煩惱着了！最後，她一接到了求愛的信，不看牠們說些什麽話，便撕掉丟到字紙簍裏去；一聽見有嫌疑的人來訪問，便謝絕一聲不在家。這弄得追逐者沒有辦法了，只得慢慢地減低了向曼英求愛的希望。

但是，哪一個青年女郎不善懷春？曼英雖然不能說是一個懷春的女郎，但她究竟是一個女性，究竟不能將性的本能完全壓抑，因此，她雖然拒絕了一般人的求愛，究竟還有一個人要在例外，那就是介紹她到H鎮的柳遇秋，那就是她的心目中的特殊的男友柳遇秋……

在別一方面，我們也可以說，曼英之所以拒絕其他的一切男性，那是因爲在她的心房內已經安置着了柳遇秋，不再需用任何的別一個人了。在意識上，曼英當然不承認這一層，但是在實際上她實在是這樣地感覺着。如果她和別的男性在一塊兒要忘却自己的女性，那她一遇見柳遇秋時，便會用着不自覺的女性的眼光去看他，便會隱隱地感覺到她正是在愛着他，預備將別人所要求着而得不到的東西完全交給他……柳遇秋實在是她的愛人了。

柳遇秋時常來到學校裏訪問曼英，曼英於放假的時日，也曾到過柳遇秋的寓處。兩人見面時，大半談論着一些革命，政治……的問題，很少表示出相互間的愛情的感覺。曼英的確是需要着柳遇秋的擁抱，撫摩，接吻……但是她轉而一想，戀愛要妨害工作，那懷了孕的女子是怎樣地不方便而可怕……便將自己的感覺用力壓抑下去了。她

不允許柳遇秋對於她有什麽範圍以外的動作。

有一天，曼英還記得，在柳遇秋的家裏，柳遇秋買了一點酒菜，兩人相對着飲起酒來。說也奇怪，那酒的魔力可以助長情愛的火焰，可以令人洩露自己的心窩內的祕密，可以使人做平素所不敢做的事。幾杯酒之後，曼英覺着柳遇秋向她逐漸熱烈地射着情愛的眼光，那眼光就如吸鐵石一般，將曼英吸住了。曼英明白那眼光所說明的是些什麽，也就感覺到自己的一顆心被那眼光射得跳動起來了……她的心神有點搖蕩……眼睛要合閉起來了……於是她不自主地落到柳遇秋的擁抱裏，她沒有力量再拒絕他了。她第一次和柳遇秋親密地，熱烈地，忘却一切地接着吻……她週身的血液被情愛的火所燃燒着了。柳遇秋開始解她的衣扣……忽然，她如夢醒了一般，從柳遇秋的懷抱裏跳起身來，使得柳遇秋驚詫得半晌說不出話來。

——遇秋，這是不可以的呵！——她向自己原來的椅子上坐下，血紅着臉，很驚顫地說道，——你要知道……——她沒將這句話說完，將頭低下來了。

——你不愛我嗎？——柳遇秋這樣失望地問她。

——不，遇秋，我是愛你的。不過，現在我們萬不能這樣……

——為什麼呢？

——你要知道……我們的工作……一個女子如果是……有了小孩子……那便什麼事情都完了！我並不是懷着什麼封建思想，請你要了解我。我是愛你的，但是，現在我們不能夠這樣……你要替我設想一下呵！

柳遇秋立起身來，在房中踱來踱去，不再做聲了。曼英覺着自己有點對不起他，使得他太失望了……但是，她想，她有什麼辦法呢？

現在無論如何她是不能這樣做的。如果懷了孕，什麼事情都完了，那是多末地可怕呵！那時她將不能做一個勇敢的戰士，那時她將要落後……不，那是無論如何不可以的！

後來，柳遇秋很平靜地說道：

——聽我說，曼英！我們不必太過於拘板了。我們是青年，得享樂時且享樂……我老實地告訴你，什麼革命，什麼工作，我看都不過是那末一回事，不必把牠太認眞了。太認眞了那是傻瓜……你怕有小孩子，這又成爲什麼問題呢？難道我們不能養活小孩子嗎？如果我們大家相愛的話，我看，還是就此我們結了婚，其牠的事情可以不必問……

柳遇秋將話停住了。曼英抬起頭來，很遲疑地望着他。似乎適才這個說話的人，不是她所知道的柳遇秋，而是別一個什麼人……她想

痛痛快快地將柳遇秋的意見反駁一下，然而不知爲什麼，她只很簡單地說道：

——你不應當說出這些話來呵！這種意見是不對的。

——也許是不對的，——柳遇秋輕輕地，如自對自地說道，——然而對的又是些什麼呢？我想，我們要放聰明些才是。——忽然他逼視着曼英，如同下哀的美敦書也似地說道：

——曼英！你是不是願意我們現在就結婚呢？如果你愛我，你就應當答應我的要求呵！這樣延長下去，眞是要把我急死了！

曼英沒有卽刻回答他。她知道她應當嚴厲地指責柳遇秋一番，然而她在柳遇秋面前是一個女子，是一個爲情愛所迷住了的女子，失去了猛烈的反抗性。最後她低聲地，溫存地，向柳遇秋說道：

——親愛的，我爲什麼不愛你呢？不過要請你等一等，等我將學

校畢了業，你看好嗎？橫豎我終久是你的……

柳遇秋知道曼英的情性，也就不再強逼她服從自己的提議了。兩人又擁抱着接起吻來。曼英還記得，那時她和柳遇秋的接吻是怎樣地熱烈，怎樣地甜蜜！那時她雖然覺得柳遇秋說了一番錯誤的話，但是她依舊地相信他，以為那不過是他的一時的性急而已。她覺得她無論如何是屬於他的，他也將要符合她的光明的希望。只要柳遇秋的眼光一射到她的身上時，那她便覺得自己是很幸福的人了。

除開柳遇秋而外，還有一個時常來校訪問曼英的李尚志。這是曼英在C城學生會中所認識的朋友。他生得並不比柳遇秋醜些，然而他的眼睛沒有柳遇秋的那般動人，他的口才沒有柳遇秋的那般流利（他本是不愛多說話的人呵！），他的表情沒有柳遇秋的那般眞切。曼英之所以沒有愛上他，而愛上了柳遇秋的原故，恐怕就是在於此罷。但

是他有堅强的毅力，有一顆很眞摯的心，有一個會思考的腦筋，這是爲曼英所知道的，因此曼英把他當成自己的親近的朋友。他是在愛着曼英，曼英很知道，然而柳遇秋已經將曼英的心房佔據了，那又有什麼辦法呢？他所得到的，只是曼英的友誼而已！……

三

後來……後來，曼英感覺着H鎮的空氣漸漸地變了。無形中蘊釀着什麽，什麽一種可怕的危機……雖然那還是不可捉摸的，然而人們已經感覺到那是不可免的，不是今天，就是明天……

再過了一些時，所謂反動的空氣更加緊張了，這使得曼英感覺着自己的希望離開自己越遠，因之那種歡欣的，陶醉的心情，現在變爲沉鬱的，驚慌的了。如果曼英初到H鎮時，覺得一切都新鮮，一切都充滿着活生生的希望，那她現在就要覺得一切都變爲死寂，同時又暗藏着那猙獰的恐怖，說不定卽刻就要露出可怕的面目來。

光明漸漸地消逝，黑暗緊緊地逼來……

那猙獰的，殘忍的，反動的面目，終於顯露出來……

那時柳遇秋不在H鎭，李尙志因爲什麼久已到上海去了。那個北方的小姑娘被她的一位高大的哥哥拉到什麼地方去了，而楊坤秀呢在醫院裏害着病……

一切都變了相……

曼英還記得，那時她該是多末地悲憤！唉，如果她有孫行者的那般本領，有如來佛的那般法術！……但是曼英什麼都沒有，有的只是一顆悲憤得要爆裂了的心，一身要沸騰起來了的血液……怎麼辦呢？一點都沒有辦法！這時曼英有點感覺得自己是一個無能力的弱者了。

最後，在悲憤之中，然而又懷着堅決的，向前的希望，曼英和着其餘的人們，走上了南征的路……

在那南征的路程上，曼英在自己的日記簿上，零碎地，寫着自己

思想和生活的斷片：

『我們的事業就從此完了嗎？不會，絕對地不會！我們一時地失敗了，這並不能證明我們終沒有成功的希望。但是，想起來，我究竟有點傷心，恨不得大大地哭一場才好……

…………

『我本是一個名門家的女兒，如果我現在在家裏當小姐，那一定是很舒服的。但是現在我是一個女兵，沐風櫛雨，可以說是苦楚難言。但是我並不悔恨呵！我覺着我的精神很偉大，因爲……因爲我是一個爲人類解放而奮鬥的戰士呵。這戰士要貴重於那些小姐們無數萬倍，可不是嗎？

…………

『今天走了九十幾里路，只吃了一頓飽飯，眞是疲倦極了。女同

志中有幾個趕不上路，怕大隊把她們丟了，會急得哭起來。她們也同我一樣，從前本是嬌生慣養的小姐呵……我看見她們那種苦楚的樣子，眞正地有點不忍呢。但是，這又有什麼辦法呢？……我們已經走上了這一條又是歡欣，又是苦楚，又是可怕，又是偉大的路！我們是沒有退後的機會了。

……………

『昨夜露宿了一夜。我躺着仰望那天空中的閃爍着的星光，我覺着那些小世界裏有一種令人不可思議的神祕。在那裏到底是一些什麼呢？唉，如果我能飛上去看看！……夜已經深了，同伴們都已呼呼地睡去，可是我總是睡不着。我想起柳遇秋來，我的親愛的……他現在在什麼地方呢？我們何時才能相會呢？也許他現在已經……呵，不會的，這是不會的呵！我不應當想到這一層。

…… …… …… …… ……

『我們前有敵人，後有追兵，不得不繞着崎嶇的小道前進，可是這眞就要苦煞我們了！男子們還沒有什麽，可是我們二十幾個女子，眞是要走得呼天天不應，呼地地不言！我不知何時才能到達我們的目的地，如果還要很久地走着這種難走的路，過着這種艱過的生活，那我恐怕等不及到了地點，早已要嗚呼哀哉了。脚上起了泡，泡破了卽淌黃水，疼痛得難言，但是還要繼續走着路，誰也不問你一聲……

…… …… …… …… ……

『我們所經過的地方，居民們始而很怕我們，以爲我們是什麽兇惡的匪……可是後來他們覺着我們並不可怕，也就和我們略形親近了。小孩子們，女人們，及一些少所見多所怪的男人們，一見着我們到了，便圍上來看把戲，口中嘰咕着「女兵……女兵……」，把我們

當做什麼怪物也似的。我們二十幾個女子之中，有的雖然走了很長的路，但還有精神向他們宣傳，演講……可是我，對不起，眞是沒有這種精神了。

……　……　……　……　……

『這幾天正是我月經來潮的時期……天哪，我爲什麼要生爲一個女子呢？女子爲什麼一定要有這樣討厭的事情呢？這該是多末地不方便！如果人是爲上帝所造的話，那我們爲女子的就應該千詛咒上帝，萬詛咒上帝。……一方面覺得身體是這樣地不舒服，一方面仍要努着力走路……唉，女子要做一個戰士，是怎樣困難的事情呵！

……　……　……　……　……

『今天和攔截我們的敵人，小小地打了一戰，我們勝了，將他們繳了械。在打戰時，我們女子的任務是看護傷兵……唉，我是怎樣地

想衝向前去，嘗一嘗衝鋒陷陣的滋味！但是他們不允許我們，說我們女子的能力只能看護傷兵……這種意見是公平的嗎？他們無論口中講什麼男女平等，如C就是很顯著的一個例，心中總是有點看不起女子的……

……　……　……　……　……

『M總是老追逐我……幹什麼呢？現在是談情說愛的時候嗎？就是談情說愛，也輪不到他的身上來，你看他的那一副討厭的面相，卑鄙的神情！癩蝦蟆想吃天鵝肉嗎？笑話！無論他的位置比我怎樣高，可是我總是看不起他。我不明白像這樣的人，爲什麼也能同我們一道呢？我是一個莫明其妙，兩個莫明其妙，三個莫明其妙……

……　……　……　……　……

『今天安下營來，C向我們說，「你們女子只可以煑煑飯，什麼

事都不行，若談什麼革命，那簡直是笑話！……」我眞是有點忍不住了，便糾合了我們二十幾個女子，向他提出嚴重的抗議。問他是不是不要我們了，若以爲我們沒有用處，把我們盡行槍斃好了，免得說這些閒話。他看見我們很兇，終於認了錯，賠了不是。這樣像一個負責任的工作者所說的話嗎？豈有此理！

……………

『一路來沒有照過鏡子，忘却了自己的面貌。今天，偶爾臨着池水照了一下，天哪，我的面相黑瘦到怎樣的地步！我簡直認不得我自己了。從前被人稱爲美人的曼英，現在到了什麼地方去了呢？但是我要做的，是一個偉大的戰士，而不是一個什麼嬌弱的美人。過去的讓牠過去了罷！………今日的曼英再也不能回轉爲那被稱爲美人的曼英了。

…… …… …… …… ……

『我想起我的母親……但是我爲什麼要想到她呢？她現在或者正爲着我而流着老淚，或者正跪在那救苦救難的觀音大士的神像前禱告，禱告她的唯一的女兒不致於罹災受難……但是我，我現在是不應當念起她的呵。

…… …… …… …… ……

『密斯P和K姘上了……她因此有了馬騎。大家看見密斯P的行爲，都嗤之以鼻，連那個K的馬弁都瞧不起她。天哪，我眞不知她如何能有那種厚的臉皮！……近來M對我是失望了，便又去追逐別一個，密斯S。我看意志不大十分堅決的密斯S，是一定要被他追逐上的。我想勸一勸密斯S，然而，只好讓她去……

…… …… …… …… ……

『今天可以說是在我生命史上最大的一個紀念日：我親手槍斃了一個人……如果這事是在一年以前發生的，我是絕對不會相信我是能夠做出這種事情的。我夢想也沒夢想得到我將來會殺人，會做這種可怕的事情。但是今天我是殺了人了，而且我的心很安，並不因之發生特異的感覺，雖然在瞄準的時候，我的手未免有點顫動……事情是這樣經過的，鄉人捕來了一個面目可憎的土豪，他們說他是為害地方的老虎，欺寡凌弱，無所不為……我們以為這是沒有多討論的必要的，便決定將他槍決。一有了決定，大家便爭着執行，幾乎弄得吵打起來。本來關於這件事情，我們女子是沒有分參加的。後來我見他們爭執得不可開交，我便上前說道，這件事不如讓我來做好。男子們同聲贊成，有的竟拍起手來。當拿起槍來的一瞬間，未免有點膽怯，未免動了一動心，想道，這樣一個活拉拉的人即刻就要在我的手中丟命，

這未免有點太殘忍罷？……但是我即刻想起來我們的任務，想起來被這個土豪所殘害的人們，便嚙着牙恨起來了……我終於在大家鼓掌的聲中將我的敵人槍斃了。有了偉大的愛，才有偉大的恨，欲實現偉大的愛，不得不先實現偉大的恨……

……　……　……　……　……

「昨天正在行軍的當兒，天公落下了大雨，我的傘破了，渾身濕透得差不多如水公鷄一樣。此時還不覺得有什麽不舒服，可是一到安下了營時，我便覺得頭有點發燒了。不料頭越燒得越利害，大有支持不住之勢。我是很利害地病起來了。女房主人爲我燒了一大堆火，將我的衣服烘乾，後來她很殷勤地勸我在她家的床上睡下。睡下後，我在頭腦昏亂的狀態中，暗自想道，我這一回是定死無疑了……聽說後有大批的追兵……他們一定要將我丟掉，我一個人留在這裡，我是定

死無疑了……死我是不怕的，但是就這樣地死了，就這樣糊塗地死了，這不是太不值得了嗎？唉，我是怎樣地想生活着，想生活着再多做一些事情呵！……我覺得我有點傷起心來了，後來我竟流了淚。奇怪！我吃了些酒，發了一身大汗之後，便又覺得身體好起來了。今天還是繼續着和大家一道兒走路，還是繼續着和大家一道兒談論我們的將來的事業……關於這一層，我應當向誰感謝呢？

……　……　……　……　……

『密斯W發了急痧……死了……可憐她奔波了這一路，吃了無限的苦楚，到現在當我們快要到目的地的時候，不幸忽然地死了！「出師未捷身先死，常使英雄淚滿襟」，讓我們把這兩句話做她的輓聯罷。一路中我合她最合得來，但她現在永遠離我而去了……我們沒有佳棺來盛殮她，沒有鮮花來祭奠她，我們很簡單地將她裹在毯子裏，

在山坡下掘了一個土坑，放進去埋了。我們的事業不知何時才能成功，然而這個忠勇的，什麼時候也會是過一個美麗的女郎，現在已經爲着這個事業而犧牲了。我怎麼能夠不在她的靈前痛哭一場呢？……

……』

曼英還記得，那時密斯W之死，在曼英的心靈上是怎樣地留下了一個巨大的創傷！密斯W可以說是曼英的一個最要好的，情性相投的伴侶，在遙長的南征的路上，曼英有什麼悲哀喜樂，都是與她共分着，但是現在她在半路中死了，曼英再也不能見到她的面，再也不能和她共希望着完成那偉大的事業……曼英思前想後，無論如何，不得不在密斯W的墓前，大大地痛哭一番了。這痛哭與其說是爲着密斯W，不如說是爲着曼英自己，因爲密斯W之死，就是曼英的巨大的，不可言喻的損失呵！……

在那荒涼的，蔓草叢生的山坡下，密斯W永遠地飲着恨，終古地躺着了……但是曼英覺得，在那裏躺着的不過是密斯W的軀殼，而她的靈魂是永遠地留在曼英的心靈裏。就是到現在雨聲淅瀝的今夜，那密斯W的面相，她的一言一笑，不都是還很清白地在曼英的眼簾前現着嗎？是的，曼英無論如何是不會將她忘記的……也許曼英現在嘲笑密斯W死得冤枉，不應當爲着什麼渺茫的偉大的事業而犧牲了自己……但是曼英究竟不得不承認密斯W，那個埋在那不知地名的荒涼的山坡下的女郎，是一個偉大的戰士，是爲她所不能忘懷的好友。

自從密斯W死後，生活陡然緊張起來了。和敵人戰鬥的次數逐漸加多了。曼英現在還記得那時她該是怎樣地爲着火一般的生活所擁抱着，那時她只顧得和着大家共着憂樂，忽而驚慌，忽而雀躍，忽而覺得光明快近了，忽而覺得黑暗又緊急地迫來，忽而爲着勝利所沉醉，

忽而為着失敗所打擊……總而言之，在如火如荼的，緊張的，槍林彈雨的生活中，曼英的一顆心沒有安靜下來的機會。

但是到了最後……曼英不願意再回想將下去了，因為那會使得曼英太不愉快，太覺得難堪了！光明終於被黑暗所壓抑了，希望變成了絕望……在槍林彈雨之中，曼英並不畏懼死神的臨頭，如果因為她死，而所謂偉大的事業要向前進展一步，那她是不會悔恨的。但是在失敗之後……曼英便覺得自己落入到絕望的，痛苦的，悲哀的海底了。不過這並不因為她起了對於死的恐懼，而是因為那所謂偉大的事業，在她覺得，是永遠地完結了，因之在這地球上將要永遠看不見那光明的一日，而黑暗的惡魔將要永遠歌着勝利。

但是曼英，一個為光明而奮鬥的戰士，會不會在失敗之後，在黑暗的惡魔面前，恭順地寫出自己的悔過書呢？不會的！高傲的性格限

定住了曼英的行爲，她可以死，可以受侮辱，然而她是不願意投降的……曼英對於偉大的事業是失望了，然而她並沒有對於她自己失望。她那時開始想道，世界大概是不可以改造的，人類大概是不可以向上的，如果想將光明實現出來，那大概是枉然的努力……然而世界是可以被破毀的，人類是可以被消滅的，與其要改造這世界，不如破毀這世界，與其振興這人類，不如消滅這人類。曼英雖然覺得自己是失敗了，然而她還沒有死，還仍可以奮鬥下去，爲着自己的新的思想而奮鬥……雖然她不能即刻整個地將牠實現，然而她可以零碎地努力着將牠實現。曼英仍然是一個戰士，不過這在意味上是別一種方向了。

……

後來……人地生疏的S鎭……小旅館……恐慌的，困憊的生活……對於家庭來信的期待……與陳洪運的識面……在陳洪運的家裏……

唉，這些討厭的經過，曼英該是怎樣地不願意將牠們回憶起來！曼英願意牠們從自己的腦海裏永遠地消逝，永遠地不再湧現出來！

有一天，陳洪運也不知因爲什麼，來到曼英住着的小旅館裏。他看見曼英了。曼英那時雖然是很潦倒，雖然是穿着一身破舊的女學生的服裝，但她舊日的神情究竟還未全改，在她的態度上究竟還呈露着一種特點來。陳洪運卽刻便認出她是一個什麼人物了。他本來卽刻可以將她告發，將她送到囚牢裏或斷頭台上去，然而不知因爲什麼（曼英後來是知道因爲什麼了。），他發了慈悲心，要將曼英救出危險，並將她請到自己的家裏。

這是一個二十五六歲的青年，無論在服飾或面孔上，都顯得是一個很漂亮的人物。不過在那一雙帶着玳瑁鏡子的眼睛裏，閃着一種逼人的險毒的，尖銳的光，這光一射到人的身上，便要令人感覺得他是

在計算他，要爲之悚然不安起來。曼英和他見面時，也有着同樣的感覺……但是陳洪運是一個極精明的，他看見曼英遲疑的神情，便似乎很坦白地說道：

——女士，請你放寬心，我是可以將你保護得安安全全的。在旅館住着，這是極不妥當的事情，如果一經查出，那可是沒有法子想了。我家裏很安適，有一個母親，一個外甫(wife)，兩個小孩……如果你住在我的家裏，那我敢擔保誰個都不敢來問你。他們是很知道我的呵。不過，在思想方面，我雖然反對你，但是我絕對不主張……像他們那樣的辦法……請你放心，諸事自有我……

曼英躊躇起來了。這向他說話的，在思想上，是她的敵人，是她要消滅的一個……然而他現在呈着勝利者的面孔，立在曼英的面前，要救曼英，要向曼英表示着自己的大量。曼英能承受他的恩惠嗎？能

在自己的敵人面前示弱嗎？但是在別一方面，她知道陳洪運是可以即刻將她送到斷頭台上去的，那時她將完結了自己的奮鬥的歷史，將不再能奮鬥了，這就是說曼英輕於犧牲了自己的生命，而讓自己的敵人，陳洪運，無數無數的陳洪運，好安安頓頓地生活着下去，不會再受曼英的擾亂了……

不，這是不聰明的事情！曼英應當利用着這個機會，好延長自己的奮鬥，好慢慢地向自己的敵人報復。如果就此死去，曼英最後想道，那對於她自己是太不值得，對於她的敵人是太便宜了！不，曼英不應當做出這種不聰明的事情！

於是曼英搬到陳洪運的家裏住下了。……

這是一個很富有的家庭。大概因爲陳洪運是一個新式的人物，屋中的一切佈置，都具着歐化的風味。但是曼英初進入這種生疎的環境

裏，雖然受着很優的待遇，該是多末地不習慣，多末地不安！

果然，陳洪運家中的人數，如陳洪運向曼英所說的一樣。一個貴族氣味濃厚的母親，一個豔裝的，然而並不十分美麗的少婦，還有兩個小孩子，——一個有五歲了，一個還在吃奶。曼英住在他們的家裏無事做，只天天逗着那兩個小孩子玩……一天過去了，又是一天……陳洪運的母親待她仍依舊，陳洪運的老婆待她也仍舊，兩個不知事的丫環待她也仍舊，可是陳洪運待她却逐漸地不同了。

陳洪運日見向曼英獻着殷勤，不時地爲她買這買那。在他的表情上，在他的話音裏，在他的眼光中，曼英察覺到他所要求的是些什麽了。如果在初期的時候，曼英總想不明白陳洪運的用意，那末現在她太過於瞭然了：原來是這末一回事！……久已忘却了鏡子的曼英，現在不時地要拿鏡子自照了。她見着那自己的面孔上雖然還遺留着風塵

的倦容，雖然比半年前的曼英黑瘦了許多，然而那眼睛還是依舊地美麗，那牙齒還是依舊地潔白，那口唇還是依舊地紅嫩，那在微笑時還是依舊地顯現着動人的，可愛的，風韻的姿態……原來曼英雖然當過了女兵，雖然忍受了風塵的勞苦，雨露的欺凌，到現在還依舊地是一個美麗的女郎呵。如果曼英將自己和陳洪運的老婆比一比，那便見得陳洪運的老婆是怎樣地不出色，怎樣地難看了。

曼英忽然找到了報復的武器，不禁暗暗地歡快起來了。如果從前曼英感覺着陳洪運是勝利者，是曼英的強有力的敵人，那末她現在便感覺着自己對於陳洪運的權威了。陳洪運已經不是勝利者，勝利者將是曼英，一個被陳洪運俘虜到家裏的女郎……

曼英覺察到了陳洪運的意思以後，也就不即不離地對待他，不時向他嫵媚地送着秋波，或向他做着溫柔的微笑。這秋波，這微笑，對

於曼英是很方便的誘敵的工具，對於陳洪運是迷魂蕩魄的聖藥。陳洪運巴不得即刻就將這個美麗的女郎摟在懷裏，盡量地吻她那紅嫩的口唇，嘗受那甜蜜的滋味……但是曼英不允許他，她說：

——你的夫人呢？她知道了怎麼辦呢？那時我還能住在你的家裏嗎？

這些話有點將陳洪運的興致打落下去了，但是他並不退後，很堅決地說道：

——我的夫人嗎？那又有什麼要緊呢？她是一個很懦弱的女人，她不敢……

——不，這是不可以的，陳先生！我應當謝你搭救之恩，但是我……我不能和你的夫人住在一塊呵……

——你就永遠地住在我家裏有什麼要緊呢？她，她是一個木塊，

決不敢欺壓你。

——你想將我做你的小老婆嗎？——曼英笑着問他。陳洪運臉紅起來了，半晌不做聲。後來他說道：

——什麼小老婆，大老婆，橫竪都是一個樣，我看你還很封建呢。

——不，在你的家裏，無論如何，我是不幹的，除非是……

——除非是怎樣呢？

——除非是離開此地……到別處去……到……隨你的便，頂好是到上海去……

最後，曼英表明她是怎樣地感激他，而且他是一個怎樣可愛的人，如果她能和他同居一世，那她便什麼都不需要了，所需要的只是他的對於她的忠實的愛情……這一番話將陳洪運的骨頭都說軟了，便

一一地答應了曼英的要求。他們的決定是：曼英先到上海，到上海後便寫信給陳洪運，那時他可以藉故來到上海，和曼英過着同居的生活。

在曼英要動身的前一日，陳洪運向曼英要求……但是曼英婉轉地拒絕了。她說：

——你爲什麼這樣性急呢？老實說，我還不敢相信你一定會離開你的夫人，會到上海去……到上海後，你要怎樣便怎樣……

陳洪運終於屈服了。

一上了輪船，曼英便脫離了陳洪運的牢籠了。無涯際的大海向她伸開懷抱，做着歡迎的微笑。她這時覺得自己是一個忽然從籠中飛出來的小鳥兒，覺得天空是這般地高闊，地野是這般地寬大，從今後她又仍舊可以到處飛遊了。雖然曼英已確定了『詛咒生活』的思想，然

而現在，當着這海波向她微笑，這海風向她撫慰，這天空，這地野，都向她表示着歡迎的時候，她又不得不隱隱地覺着生活之可愛了。

四

曼英到了上海……

上海也向她伸着巨大的懷抱，上海也似乎向她展着微笑……然而曼英覺得了，這懷抱並不溫存，這微笑並不動人，反之，這使得曼英只覺得可怕，只覺得在這座生疎的大城裏，她又要將開始自己的也不知要弄到什麼地步的生活……

七年前，那時曼英還是一個不十分知事的小姑娘，隨着她的父親到C省去上任，路經過上海，曾在上海停留了幾日。曼英還記得，那時上海所給與她的印象，是怎樣地新鮮，怎樣地龐大，又是怎樣地不可思議和神秘……那時她的一顆小心兒是爲上海所震動着了，然而那

震動不足以使她害怕，也不足以使她厭倦，反來使得她爲新的感覺和新的趣味所陶醉了，所吸引住了，因之，當她知道不能在上海多住，而一定要隨着父親到什麽一個遙遠的小縣城去，她該是多末地失望，多末地悲哀呵。她不願意離開上海，就是在熱鬧的南京路上多遊逛幾分鐘也是好的。

七年後，曼英又來到上海了。在這一次，上海不是她所經過的地方，而是她的唯一的目的地；也不是隨着父親上什麽任，父親久已死去了，而是從那戰場上失敗了歸來。人事變遷了，曼英的心情也變遷了，因之上海的面目也變遷了。如果七年前，曼英很樂意地伏在上海的懷抱裏，很幸福地領略着上海的微笑，那末七年後，曼英便覺得這懷抱是可怕的羅網，這微笑是猙獰的惡意了。

上海較前要繁華了許多……在那最繁華的南京路上，在那裏七年

前的曼英曾願意多遊逛幾分鐘也是好的，曾看着一切都有趣，一切都神秘得不可思議，可是到了現在，在這七年後的今日，曼英不但看不見什麼有趣和神秘，而且重重地增加了她心靈上的苦痛。她見着那無愁無慮的西裝少年，荷花公子，那豔裝冶服的少奶奶，太太和小姐，那翩翩的大腹賈，那坐在汽車中的傲然的帝國主義者，那一切的歡欣着的面目……她不禁感覺得自己是在被嘲笑，是在被侮辱了。他們好像在曼英的面前示威，好像得意地表示着自己的勝利，好像這繁華的南京路，這個上海，以至於這個世界，都是他們的，而曼英，而其餘的窮苦的人們沒有分……唉，如果有一顆巨彈！如果有一把烈火！毀滅掉，一齊都毀滅掉，落得一個痛痛快快的同歸於盡！……

然而，曼英也沒有巨彈，也沒有烈火，什麼都沒有，有的只是一顆痛苦的心而已。難道這世界就這樣永遠地維持着下去嗎？難道曼英

就這樣永遠地做一個失敗者嗎？難道曼英就這樣永遠地消沉下去嗎？不，曼英活着一天，還是要掙扎着一天，還是要繼續着自己的堅決的奮鬥。如果她沒有降服於陳洪運之手，那她現在便不會在任何的敵人面前示弱了。

曼英起始住在一家小旅館裏。臨別時，陳洪運曾給了她百元的路費，因此她還可以目前維持自己的生活。她本來答應了陳洪運，就是她一到了上海，便即刻寫信告知他。曼英回想到這裏，不禁暗暗地笑起來了：這小子發了癡，要曼英做他的小老婆……而且他還相信曼英是在深深地愛着他……我的乖乖，你可是認錯人了！你可是做了傻瓜！……曼英會做你的小老婆嗎？曼英會愛她所憎恨的敵人嗎？笑話！……

不錯，曼英到了上海之後，曾寫了一封信給陳洪運。不過這一封

信恐怕要使得陳洪運太難堪，太失望了。信中的話不是向陳洪運表示好感，更不是表示她愛他，而是嘲笑陳洪運的愚蠢，怒罵陳洪運的卑劣……這封信會使得陳洪運怎樣地難堪，怎樣地失望，以至於怎樣地發瘋，那只有天曉得！曼英始而覺得這未免有點太殘酷了，然而一想起陳洪運的行為來，又不禁以為這對於他只是一個小小的懲罰而已。

到上海後，曼英本想找一找舊日的熟人，然而她不知道他們的地址，終於失望。在這樣茫茫的，紛亂的大城中，就是知道地址了，找到一個人已經是不容易，如果連地址都不知道，那可是要同在大海裏摸針一樣的困難了。但是在第四天的下午，曼英於無意中却碰見了一個熟人，雖然這個熟人現在是為她所不需要的，也是為她所沒有想到的……

午後無事，曼英走出小旅館來，在附近的一條馬路上散步。路人

們或以爲她是一個什麽學校的女生，現在在購買着什麽應用的物品，然而曼英只是無目的地閒逛着，什麽也不需要。路人們或者有很多的以爲她是一個很美麗的女學生，但誰個知道她是從戰場上失敗了歸來的一員女將呢？……

曼英走着，望着，忽然聽見後面有人喊她：

——密斯王！曼英！

曼英不禁很驚怔地回頭一看，見是一個很熟很熟的面孔，穿着一件單灰布長衫的少年。那兩隻眼睛閃射着英銳的光，張着大口向曼英微笑，曼英還未來得及問他，他已經先開口問道：

——密斯王，你爲什麽也跑到上海來了呀？我只當你老已……

——他向四周望了一望，復繼續說道，——你到了上海很久嗎？

曼英沒有卽刻回答，只向他端詳着。她見着他雖潦倒，然而並不

喪氣；已經是冬季了，然而他還穿着單衣，好像並不在乎也似的。他依舊是一個活潑而有趣的青年，依舊是那往日的李士毅……

——你怎麽弄到這個倒霉的樣子呵？——曼英笑着，帶着十分同情地問他。

——倒霉嗎？不錯，眞倒霉！——李士毅很活躍地說道，——我只跑出來一個光身子呵。本想在上海找到幾個有錢的朋友，揩揩油，可是鬼都不見一個，摝來摝去，只是一些窮鬼，有的連我還不如。——他扯一扯長衫的大襟，笑着說道，——穿着這玩意兒現在眞難熬，但是又有什麽法子呢？不過我是一個鐵漢，是餓不死，凍不死的。你現在怎麽樣？——他又將話頭挪到曼英的身上，彷彿他完全忘却了自己的境遇。——唉，想起來眞糟糕！……——愁鬱的神情在李士毅的面孔上閃了一下，即刻便很迅速地消逝了。

曼英默不一語，只是向李士毅的活躍的面孔逼視着。她覺得在李士毅的身上有一種什麽神祕的，永不消散的活力。後來她開始輕輕地向他問道：

——你知道你的哥哥李尙志在什麽地方嗎？他是不是在上海？

——鬼曉得他在什麽地方！我一次也沒撞着他。

——你現在的思想還沒有變嗎？

——怎嗎？——他很驚異地問道，——你問我的思想有沒有變？老子活着一天，就要幹一天，他媽的，老子是不會叫饒的！……——他有點興奮起來了。

曼英見着他的神情，一方面有點可憐他，一方面又不知爲什麽要暗暗地覺得自己在他的面前有點慚愧。她不再多說話，將自己手中的錢包打開，掏出五塊錢來，遞到李士毅的手裏，很低聲地說道：

——天氣是這樣冷了，你還穿着單衣……將這錢拿去買一件棉衣罷……

曼英說完這話，便回頭很快地走開了。走了二十步的樣子，她略略回頭望一望，李士毅還在那原來的地方呆立着……

曼英回到自己的寓處，默默地躺下，覺着很傷心也似的，想痛痛快快地痛哭一番。李士毅給了她一個巨大的刺激，使得她即刻就要將這個不公道的，黑暗的，殘酷的世界毀滅掉。他，李士毅，無論在何方面都是一個很好的青年，而且他是一個極忠勇的為人類自由而奮鬥的戰士。但是他現在這般地受着社會的虐待，忍受着飢寒，已是冬季了，還穿着一件薄薄的長衫……同時，那些翩翩的大腹賈，那些豐衣足食的少爺公子，那些擁有福利的人們，是那樣地得意，是那樣地高傲！……有的已穿上輕暖的狐裘了……唉，這世界，我的天哪，這到

底是怎樣的一個世界呵！……曼英越想越悲憤，終於悲憤得伏着枕哭起來了。

但是，當她一想到李士毅的活潑的神情，那毫無苦悶的微笑，那一種偉大的精力……那她便又覺得好像有點希望的樣子：世界上既然有這末樣的一種人，這不是還證明着那將來還有光明的一日嗎？這不是光明的力量還沒有消失嗎？……

然而，曼英想來想去，總覺得那光明的實現，是太過於渺茫的事了。與其改造這世界，不如破毀這世界，與其振興這人類，不如消滅這人類。是的，這樣做去，恐怕還有效驗些，——曼英想道，從今後她要做這種思想的傳佈者了。

光陰一天一天地過去，曼英手中的錢便也就一天一天地消散。她寫了許多信給母親，然而總如石沉大海一樣，不見一點兒回響。怎麼

辦呢？……同時，旅館中的茶房不時地向她射着奇異的眼睛，曼英覺得，如果他們發現她是一個孤單的，無所依靠的窮女郎，那他們便要即刻把她拖到街上去，或者打什麼最可怕的壞主意……怎麼辦呢？曼英眞是苦惱着了。在她未將世界破毀，人類消滅以前，那她還是要受着殘酷的黑暗的侵襲，這侵襲是怎樣地可恨，同時又是怎樣地強有力而難於抵抗呵！

曼英想來想去，想不到什麼方法。唯一的希望是母親的來信，然而母親的信總不見來。也許她現在已經死了，也許她現在不再要自己的敗類的女兒了。一切都是可能的，眼見得這希望母親寄錢的事，是沒有什麼大希望了。

但是到底怎麼辦呢？曼英想到自殺的事情：頂好一下子跳到黃浦江裏去，什麼事情都完結了，還問什麼世界，人類，幹嗎呢？……但

是，曼英又想道，這是對於敵人的示弱，這是卑怯者的行爲，她，曼英，是不應當這樣做的。她應當繼續地生活着，爲着自己的思想而生活着，爲着向敵人報復而生活着。不錯，這生活是很困難的，然而曼英應當盡力地掙扎，掙扎到再不可掙扎的時候……

曼英很確切地記得，那一夜，那在她生命史中最可紀念的，最不可忘却的一夜……

已是夜晚的十一句鐘了，她還在馬路上徘徊着，她又想到黃浦灘花園去，又想到一個什麽僻靜的所在，在那裏坐着，好仰望這天上的半圓的明月……但她無論如何不想自己的小旅館去。她不願看見那茶房的奇異的眼光，不願聽見那隔壁的胡琴聲，那妓女的嘻笑聲……那些種種太使着她感覺得不愉快了。

她走着走着，忽然覺得有一個人和她並排地走着了。始而她並不

曾注意，但是和她並排走着的人有點奇怪，漸漸地向她身邊靠近了，後來簡直挨着了她的身子。不向他注意的曼英，現在不得不將臉扭過來，看了這一位奇怪的先生到底是一個什麼人了。於是在昏黃的電光中，她看見了一個向她微笑着的面孔，——這是一個時髦的西裝少年，像這樣的面孔在上海你到處都可以看得見，在那上面沒有什麼特點，但是你却不能說牠不漂亮……

曼英模糊地明白了是一回什麼事，一顆心不免有點跳動起來。但她即刻就鎮靜下來了。她雖然還未經受過那男女間的性的交結，但是她在男子隊伍中混熟了，現在還怕一個什麼吊膀子的少年嗎？

——你這位先生眞有點奇怪，——曼英開始說道，——你老跟着我走幹嗎呢？

——密斯，請你別要生氣，——這位西裝少年笑着回答道，——

我們是可以同路的呵。請問你到什麼地方去？

——我到什麼地方去與你有什麼關係？——曼英似怒非怒地說。

——時候還早，——他不注意曼英說了什麼話，又繼續很親暱地說道，——密斯，我請你去白相白相好麼？我看密斯是很開通的人，諒不會拒絕我的請求罷……

曼英聽到此地，不禁怒火中生，想開口將這個流氓痛罵一頓，但是，即刻一種思想飛到她的腦裏來了：

『我就跟他白相去，我看他能怎樣我？在那槍林彈雨之中，我都沒曾害過一點兒怕，難道還怕這個小子嗎？今夜不妨做一個小小的冒險……』

曼英想到此地，便帶着一點兒笑色，問道：

——到什麼地方去白相呢？

那位少年一聽了曼英的這句問話，便喜形於色，如得了寶貝也似的，一面將曼英的手握起來，一面說道：

——到一品香去，很近…………他說着說着，便拉着曼英的手就走，並不問她同意不同意。曼英一面跟他走着，一面心中有點躊躇起來。一品香，曼英聽說這是一個旅館，而她現在跟着他到旅館去，這是說……曼英今夜要同一個陌生的人開旅館嗎？……

——到旅館裏我不去，——曼英很迷茫不定地說了這末一句。

——這又有什麼要緊呢！我看你是很開通的……

曼英終於被這個陌生的少年拉進一品香的五號房間了。曼英一顆還是處女的心只是卜卜地跳動，雖然在意識上她不懼怕任何人，但是在她的處女的感覺上，未免起了一種對於性的恐怖，她原來還不知道這末一回事呵……她知道這個少年所要求的是什麼，然而她，還是一

個元貞的處女……應當怎麼對付呢？她想卽刻跑出去，然而她轉而一想，這未免示弱，這未免要受這位流氓的嘲笑了。她於是壯一壯自己的胆量，仍很平靜地坐着，靜觀她的對手的動靜。

這個漂亮的流氓將曼英安置坐下之後，便吩咐茶房預備酒菜來。

——敢問密斯貴姓？芳名是哪兩個字？——他緊靠着曼英的身子坐下，預備將曼英的雙手拿到他自己的手裏握着。但是曼英拒絕了他，嚴肅地說道：

——請你先生放規矩些，你別要錯看了人……

——呵，對不起，對不起，絕對不再這樣了。——他嘻笑着，果然嚴正地坐起來，不再靠着曼英的身子了。

——你問我的姓名嗎？——曼英開始說道，——我不能够告訴你。你稱我為『恨世女郎』好了。你懂得『恨世』兩個字嗎？

——懂得，懂得，——他點着頭說道，——這兩個字很有意味呢。密斯的確是一個雅人……敢問你住在什麼地方？你是一個女學生嗎？

——也許是的，也許不是的，——曼英笑着說道，——你問這個幹嗎呢？你先生姓什麼？叫什麼名字？說了半天的話，我還不知道你是一個什麼人……

於是這個少年說，他姓錢名培生，住在法租界，曾在大學內讀過書，但是那讀書的事情太討厭了，所以現在只住在家裏白相……也許要到美國留學去……

——你的父親做什麼事情呢？——曼英插着問他。

——父親嗎？他是一個洋行的華經理。

——這不是一般人所說的買辦嗎？

——似乎比買辦要高一等，——錢培生很平靜地這樣回答着曼

英，却沒察覺到在這一瞬間曼英的神色有點改變了。她忽然想起來了那不久還爲她所呼喊着的口號『打倒買辦階級』……現在坐在她的身旁的，向她吊膀子的，不是別的什麽人 而是一個買辦的兒子，而是她所要打倒的敵人……那嗎，曼英應當怎樣對付他呢？

茶房將酒菜端上桌子了。錢培生沒有覺察到曼英的情緒的轉變，依舊笑着說道：

——今夜和女士痛飮一番何如？菜雖然不好，可是這酒却是很好的，這是意大利的葡萄酒……

曼英並沒聽見錢培生的話，拿起酒杯就痛飮起來。她想起來了那往事，那不久還熱烈地呼喊着的『打倒買辦階級』的口號……那時她該是多末地相信着買辦階級一定會打倒，解放的中國一定會實現……但是曾幾何時?!曼英是失敗了，曼英現在在受着買辦兒子的侮辱，這買辦兒

子向她做着勝利者的微笑……他今夜要想破壞她的處女的元貞，要汚辱她的純潔的肉體……這該是令曼英多末悲憤的事呵！曼英到了後來，悲憤得忘却了自己，忘却了錢培生，忘却了一切，只一杯復一杯地痛飲着……唉，如果有再濃厚些的酒！曼英要沉醉得死去，永遠地脫離這世界，這不公道的世界！……

曼英最後飲得沉沉大醉，幾乎完全失去了知覺……

第二天早晨醒來，她覺悟到了咋夜的經過：沉醉……錢培生任意的擺佈……處女元貞的失去……她不禁哭起來了。她想道，她沒曾將自己的處女的元貞交給柳遇秋，她的愛人，也沒曾交給李尙志，她的朋友，更沒曾交給陳洪運，那個曾搭救過她的人，而今却交給了這個一面不識的錢培生，買辦的兒子，爲她所要打倒的敵人……天哪，這是一件怎樣可恥的事呵！……現在和她並頭躺着的，不是柳遇秋，不是李

尙志，不是什麽愛人和朋友，而是她的敵人，買辦的兒子……天哪，這是怎樣大的錯誤！曼英而今竟失身於她的敵人了！……

曼英伸一伸腰，想爬起來將錢培生痛打一頓，但是渾身軟麻，一點兒力氣都沒有，似乎在她的生理上起了一種什麽變化……她更加哭得利害了。哭聲打斷了錢培生的蜜夢，他揉一揉眼睛醒來了。他見着曼英伏枕哭泣，卽刻將她摟着，懶洋洋地，略帶一點驚異的口氣，說道：

——親愛的，你爲什麽要這樣傷心呢？你有什麽心事嗎？我錢培生是不會辜負人的，請你相信我……

曼英不理他，仍繼續哭泣着。

——請你別要再哭了罷，我的親愛的！——錢培生一面說着，一面用手摸着她的乳房，這時她覺得他的手好像利刃一般刺在她的身

上。——你有什麼困難嗎？你的家到底在什麼地方？你到底是不是一個女學生？我的親愛的，請你告訴我！

曼英仍是不理他。忽然她想道，『我老是這樣哭着幹嗎呢？我既然失手了一著，難道要在敵人面前示弱嗎？況且這又是什麼大不了的事?!不錯，我的處女的元貞是被他破壞了，但是這並不能在實質上將我改變，我王曼英依舊地是王曼英……這樣傷心幹嗎呢？……不，現在我應當取攻勢，我應當變被動而爲主動……』曼英想到此地，忽然翻過臉大笑起來，這弄得錢培生莫明其妙，半晌說不出話來。

——你這是怎麼一回事呢？——後來他低聲地，略帶一點怯意地問着說。

——哈哈！——曼英伸出赤裸的玉臂將錢培生的頭抱起來了。——我的乖乖，你不懂得這是一回什麼事嗎？你是一個買辦的兒子，生着

外國的腦筋，是不會懂得的呵！我問你，昨夜你吃飽了嗎？哎喲，我的小乖乖，我的小買辦的兒子……

曼英開始摩弄着錢培生的身體，這種行爲就像一個男子對待女子一樣。從前她並不知道男子的身體，現在她是爲着性慾的火所燃燒着了……她不問錢培生有沒有精力了，只熱烈地向他要求着，將錢培生弄得如馴羊一般，任着她如何擺佈。如果從前錢培生是享受着曼英所給他的快樂，那末現在曼英可就是一個主動者了。錢培生的面孔並不惡，曼英想道，她又何妨盡量地消受他的肉體呢？……

兩人起了床之後，曼英稍微梳洗了一下。在錢培生的眼光中，曼英的姿態比昨夜在燈光之下所見着的更要美麗，更要豐韻了。他覺得這個女子有一種什麽魔力，這魔力已經把他暗暗地降服着了，從今後他將永遠地離不開她。早點過後，曼英一點兒也不客氣地說道：

——阿錢，我老實地告訴你，我現在沒有錢用了。你身邊有多少錢？我來看看……

曼英說着便立起身來走至錢培生的面前，開始摸他身上的荷包。

——請你不要這樣小氣，——他很大方地說道，——從今後你還怕沒有錢用嗎？現在我身邊還有三十塊錢，請拿去用……但是明天晚上我們能夠不能夠會面呢？——錢培生的模樣生怕曼英說出一個『不』字來。曼英覺察到這個，便扯着謊道：

——我是一個女學生呵，我還是要念書的，能夠同你天天地白相嗎？昨夜不過是偶而的事情……

——但是究竟什麼時候我們可以會面呢？我可以到你的學校裏看你嗎？

——那是絕對不可以的，——曼英很莊重地說道，——好罷，在

本星期六晚上，也許……

——在什麽地方呢？——錢培生迫不及待地這樣問。

——隨便你……還在此處好嗎？

——好極了！——錢培生幾乎喜歡得跳起來了。

在分別的時候，曼英拍一拍錢培生的頭，笑着說道：

——我的乖乖！請你別要忘記了。如果你忘記了的話，那我可要喊一千聲『打倒買辦階級，打倒買辦階級的兒子』……

五

『一不做，二不休，』既然下了水了，便不如在水裏痛痛快快地洗一個澡！……這是一般人的思想。曼英是一個傲性的人，當然更要照着這種思想做去了。於是從這一夜起，她便開始了別一種生活，別一種為她從前所夢想也夢想不到的生活。也許這種生活，如現在這個小阿蓮所想，是最下賤的，最可恥的生活，然而曼英那時決沒想到這一層，而且那時她還歡欣着她找到向人們報復的工具了。如果從前她沒有感覺到自己的肉體美的權威，她只以為女子應當如男子一樣，應將自己的意志，學問，事業來勝人，而不應以自己的美貌來炫耀……那末曼英現在便感覺到了，男子所要求於女子的，並不在於什麼意

志，學問和事業，而所要求的只不過是女子的肉體的美而已。曼英覺悟到這一層，便利用這個做為自己的工具。曼英想道，什麽工具都可以利用，只要這工具是有效驗的；如果她的肉體具有征服人的權威，那她又為什麽不利用呢？是的，那是一定要利用的！……

錢培生是為曼英所征服了。從那一夜起，他和曼英便時常地會遇着，而且每一次曼英都要捉弄他，如果他有點反抗和苦惱的表示，那末曼英便袒出雪嫩的雙乳給他看，便給鮮紅的口唇給他嘗……接着他的反抗和苦惱便即刻消逝了。他稱呼曼英為媽媽，為親姐姐，為活神仙，一切統統都可以，但是這雪嫩的雙乳，這鮮紅的口唇，這……那是不可以失去的呵！於是錢培生成了曼英的馴羊，成了曼英的奴隸，曼英變成了主動的主人了。

但是，曼英能以錢培生一個人為滿足嗎？曼英征服了一個人之

後，便不想再征服別人嗎？不，敵人是這樣地多，曼英絕對不會就以此爲滿足的，她的任務還大着呵！……既然下了水了，便不如在水裏痛痛快快地洗一個澡，於是曼英便決定去找第二個錢培生，第三個錢培生，以至於無數萬的錢培生……那又有什麼要緊呢？只要是錢培生，是曼英的敵人就得了！從前曼英沒有用刀槍的力量將敵人勦滅，現在曼英可以利用自己的肉體的美來將敵人捉弄。唉，如果曼英生得還美麗些！如果曼英能壓倒全上海的漂亮的女人！……曼英不禁老是這樣地幻想着。

在數月的放蕩的生活中，曼英到底捉弄了許多人，曼英現在模糊地記不大清楚了。不過她很記得那三次，那特別的三次……

第一次，那是在黃浦灘的公園裏。午後的辰光。昨夜曼英又狠狠地捉弄了錢培生一次，弄得把自己的精神也太過於疲倦了，今天她來

到公園裏想吹一吹江風，呼吸一呼吸花木的空氣。她坐在瀕着江的椅子上，沒有興趣再注意到園中的遊人，只默默地眺望着那江中船舶的來往。這時她什麼也沒想到，腦海中只是盛着空虛而已。温和而不寒冽的江風吹得她很愉快。她的頭髮有點散亂，然而這散亂，在遊人的眼光裏，更顯出那種女學生的一種特有的風韻。已經有很多的多情的遊人向她打無線電，然而她因爲沒注意，所以也就沒接受。這時她什麼都不需要，讓鬼把這些遊人，這些渾賬的東西拿去！……

忽然，一個西裝少年向曼英並排地坐下了。曼英沒有睬他。那位少年始而像煞有介事的模樣向江中望着，似乎並沒注意到曼英的存在。忽然曼英聽見他哼出兩句詩來，

『滿懷愁緒湧如浪，

願借江風一陣吹。』

曼英不禁要笑出聲來。我的天哪，她想道，這倒是什麽詩呵！這位詩人該是怎樣地多才呵！居然不知羞地將這兩句佳（？）句念將出來，念給曼英聽……這眞是太肉麻了。曼英斜眼將他瞟了一下，見他穿得那般漂亮，面孔也生得不差，但是却吟出這般好詩來，眞是要令曼英興『金玉其外，敗絮其中』之嘆了！那位少年原想藉此以表示自己的風雅，却不料反引起了曼英的譏笑。

——你先生眞是風雅的人呢，——曼英先開口向他說道，——你大約是詩人罷？是不是？

——不敢，不敢，——他很高興地扭過臉來笑着說道，——我不過是偶爾吟兩句詩罷了，見笑，見笑。敢問女士是在什麽學校裏讀書？貴姓？

——你先生沒有知道的必要。——曼英微笑着說，一面暗想道，這

一條小魚兒還可愛，爲什麽不將他釣上鈎呢？……

於是，那結果是很顯然的：開旅館……曼英和我們的風雅詩人最後是進了東亞旅館的門了。雖然是白天，然而上海的事情……這是司空見慣的，誰個也不來問你一聲，誰個也不來干涉你。

曼英還記得，在未上床之前，那位可憐的詩人是怎樣地向她哀求，怎樣地在她的面前跪下來……她開始嘲弄他，敎訓他。她說，他自命爲詩人，其實他的詩比屁還要臭；他自做風雅，其實他俗惡得令人難以下飯。她說，目下的詩人太多了，你也是詩人，我也是詩人，其實他們都是在放屁，或者可以說比放屁還不如……只有那反抗社會的拜輪和海涅才是詩人，才是眞正的天才，只有那浪漫的李白才可以說是風雅……喂！目下的詩人只可以爲他們舐屁股，或者爲他們舐屁股都沒有資格！……曼英這樣亂七八糟地說了一大篇，簡直把我們的

這位多才的詩人弄得目瞪口呆，不知如何表示才好。他不再向曼英哀求了，也不再興奮了，只瞪着眼坐在床上不動。後來曼英笑着把他推倒在床上，急忙地將他的衣扣解開，就好像她要強姦他也似的……他沒有抵抗，任着曼英的擺佈。如果先前他向曼英哀求，那末現在曼英是在強迫他了。……

從此以後，這位少年便和曼英發生了經常的關係。如果錢培生被曼英所綑束住了，是因為他為曼英的雪嫩的雙乳，鮮紅的口唇所迷惑住了，則這位少年，他的名字叫周詩逸，為曼英所征服了的原故，除以上而外，那還因為他暗自想道，他或者遇着了一位奇女子了，或者這位奇女子就是什麼紅拂，什麼卓文君，什麼蔡文姬的化身……他無論如何不可以將她失去的。曼英的學問比他強，曼英對於文學的言論更足使他驚佩，無怪乎他要以為曼英是一個很神聖的女子了。

第二次，那是在大世界裏。她通常或是在京劇場裏聽京劇，或是在鼓書場裏聽那北方姑娘的大鼓書，其牠什麼灘黃場，襍耍場……她從未在那裏坐過，覺得那裏俗惡而討厭。這一晚不知爲什麼，她走進崐劇場裏聽崐劇。她覺得那歌聲是很委婉悠揚的，然而那太是中國式的，萎弱不強的了。

她坐着靜聽下去……後來，她聽見右首有什麼說話的聲音，便扭過頭來，看是什麼一回事。就在這個當兒，她看見有一個四十歲左右，留着八字鬚，像一個政客模樣的人，睜着兩個閃爍的餓眼向她釘着，似乎要將她吃了也似的。曼英已經有了很多的經驗，便卽刻察覺到那人的意思，向他很嫵媚地微笑了一笑。這一微笑便將那人喜歡得卽刻把鬍子翹起來了。曼英見着這種光景，不禁暗自好笑。今晚又捉住了一個小鳥兒了，她想。她低着頭立起身來，向着門外走去。她覺着那人也隨

身跟來了。她不卽刻去睬他，還是走着自己的路，可是她聽見一種低低的，顫動的聲音了：

——姑娘，你到那裏去？

——回家去。——曼英回過臉來，很隨便地笑着說。

——我也可以去嗎？——那人顫動地問，如在受着拷刑也似的。

曼英搖搖頭，表示不可以。

——到我的寓處去好嗎？——他又問。

曼英故意地沉吟了一會，做着很懷疑的樣子問道：

——你的寓處在哪裏？你是幹什麼的？

——我住在遠東飯店裏，我是幹……啊，到我的寓處後再談罷……

曼英很正確地明白了，這是一個官僚，這是一個什麼小政客……

——好罷，那我就跟你去。

眼見得曼英的答應，對於那人，是一個天大的賜與。走進了他的房間之後，他將曼英接待得如天神一般，這大概因為他見着曼英是一個女學生的打扮，而不是一個什麼普通的野雞……今夜他要嘗一嘗女學生的滋味了，可不是嗎？可是曼英進了房間之後，變得莊重起來了。她成了一個儼然不可侵犯的女學生。

——你將我引到你的寓處來幹嗎呢？——曼英開始這樣問他。

——沒有什麼，談談，嚇嚇……我是很喜歡和女學生談話的，嚇嚇……

——你到底是幹什麼的？——曼英用着審問的口氣。

——姑娘，你想知道我是幹什麼的？——無論曼英的態度對他是如何地不客氣，而他總是向着曼英笑。——你看我像幹什麼的？嚇嚇……在政界裏混混，從前做過縣長，道尹，……現在是……委員……

——原來是委員大老爺，——曼英忽然笑起來了。——失敬了！我只當你先生是一個什麼很小很小的走狗，却不料是委員大老爺，眞正地失敬了！

——沒有什麼，嚇嚇……

曼英在談話中，忽而莊重，論起國家的大事來，將一切當委員的人們罵得連狗彘都不如，忽而詼諧，她問起來這位委員先生討了幾房小老婆，是不是還要她，曼英，來充充數……這簡直把這位委員先生弄得昏三倒四，不明白這一位奇怪的女郎到底是什麼人，現在對他到底懷着什麼心思。他開始有點煩惱起來了。他急於要嘗一嘗女學生的滋味，而這位女學生却是這樣地奇怪莫測……天曉得！

他正在低着頭沉思的當兒，曼英靜悄悄地走到他的身邊，冷不防將他的鬍子糾了一下，痛得他幾乎要跳起來。但是他的歡欣卽刻將他

的苦痛壓抑住了。曼英已經坐在他的懷裏，曼英已經吻着他的臉，拍着他的頭叫乖乖……這或者對於他有點不恭敬了，但是曼英已經坐在他的懷裏，他快要嘗到女學生的滋味了，還問什麼尊嚴呢？……他沉醉了，他卽刻就要……

——請你慢一慢呵！——曼英忽然離開他的懷抱，在他的面前跳起舞來，做出種種妖媚的姿態。

——姑娘，你可是把我急死了！

——急死你這個雜種，急死你這個貪官污吏，急死你這個老狗，——曼英一面罵着，一面仍獻着嫵媚。

——姑娘，你罵我什麼都行，只要你……唉，你可是把我急死了！

——如果你要我答應，那除非你……

——除非我怎樣？你快說呀！

——除非你喊我三聲親娘……

——呃，這是什麼話！

——你不肯嗎？那嗎我就走……

曼英說着說着，便向房門走去，這可是把這位老爺嚇壞了，連忙立起身來將曼英抱住，哀求着說道：

——好罷，我的親娘，什麼都可以，只要你答應我。

——那嗎你就叫呀！——曼英轉過臉來笑着說。

這個委員眞個就叫了三聲。

——哎喲，我的兒，——他叫完了之後，曼英拍着他的頭說，——你眞個太過於撒野了，居然要姦起你的親娘來……

曼英現在想來，那該是多末可笑的一幕滑稽劇！她，曼英，是一

個二十一歲的姑娘，而那位四十歲的委員老爺居然叫起她親娘來，那豈不是很奇特的事情嗎？

然而曼英還做過更奇特的事情呢……

那是第三次，在夜晚的南京路上。曼英逛着馬路，東張西望，可以說沒有懷着任何的目的。雖然在這條馬路上，她曾捉住過許多小鳥兒，可是今晚她却沒有捉鳥兒的心思。那捉鳥兒雖然是使曼英覺得有趣的事情，然而次數太多了，那也是使曼英覺得疲倦的事情呵。不，今夜晚她不預備捉鳥兒了，和其餘的人們一樣，隨便在馬路上逛一逛……

於無意中她見着那玻璃窗前面立着一個十七八歲模樣的少年，帶着紅頂子的黑緞帽。再近前幾步，幾乎和那少年並起肩來了，她看見他眞是生得眉清目秀，配稱得一個美貌的小郎君。他向那玻璃窗內瞭

列着的物品望着，始而沒注意到曼英挨近了他的身邊，後來他覺察到了，在他的面孔上不禁呈露出一種不安的神情來。他似乎想走開，然而又似乎有什麽躊躇。他想扭過臉來，好好地向曼英望一望，然而他有點羞怯，只斜着眼向曼英瞟了一下。曼英見着他那種神情，便更挨緊了他一些，——於是她覺得他的身體有點顫動了；在電光中她並且可以看見他的臉上泛起紅潮來。

『這是一個初出巢的小鳥兒呵……』曼英這樣想道，便手指着窗內的貨物，似問非問地說道：

——那到底是做什麽用的？眞好看呢……

——那是……女子用的……花披巾……——這個初出巢的小鳥兒很顫動地說。這時他擧起眼來向曼英望了一望，隨又將頭扭過去了。曼英覺着他是在顫動着。

——同我一塊兒去白相，好嗎？——曼英低低地問。

沒有回答。曼英覺着他更顫動得利害了，眼見得他的一顆心是在急劇地跳着，猶豫着不敢決定：去呢，還是不去呢？……一個童男也就和一個處女一樣，在初次受着異性引誘的當兒，那是又害怕，又害羞，又不敢，又願意……那心情是再衝突不過的了。……

曼英不問他願意不願意，便拉起他的手來走開。他默不做聲，很柔順地，一點兒沒有抵抗，但是曼英覺着他的身體是那樣地顫動，簡直就同一個小鳥兒被人捉住了一樣。

——你住在什麽地方？——在路中曼英問他。

——在法租界……

——你家裏是幹什麽的？

——開……開錢莊……

『嗯嚇，原來是一個資本家的小少爺……』曼英這樣想道，興致不禁更高漲了一些。

最後，曼英把這位小少爺拉進一家旅館裏……曼英將房門關好，將他拉到自己的懷裏，坐下來，好好地端詳了他一番。只見他那羞怯的神情，那一種童男的溫柔，令人欲醉。曼英為慾火所燃燒着了，便狂吻起來他的血滴滴的口唇，白嫩的面龐，秀麗的眼睛……她緊緊地抱着他，盡量地消受他的童男的肉體……她為他解衣，將他脫得精光光地……

曼英從沒有像今夜這般地縱過慾。她忘却了自己，只為着這位小少爺的肉體所給與的快樂所沉醉了。她想道，如果錢培生將她的處女的元貞破壞了，那她今夜晚也就有消受這個童男的權利。這是罪過嗎？不是！當全世界淪入黑暗的淵藪，而正義人道全絕跡了的時候，

又有什麼可稱爲罪過呢？……不，這不是罪過，這是曼英的權利呵！

第二天早晨，在要離開旅館的時候，曼英從自己的錢包裏拿出十元鈔票來，笑着遞給她所蹂躪過的對象，說道：

——將這十塊錢拿回去，告訴你的爸爸和媽媽，你說你和了一位女子睡過一夜覺，這十塊錢就是她所給的代價……

——我不要……我有錢用……

——不，你一定要將這十塊錢拿去！——曼英發着命令的口氣，這將這個可憐的小孩子逼得收也不是，不收也不是。最後他拗不過曼英的堅決，終於把十塊錢收下了。曼英見着他將錢收下了，該覺得是怎樣地高興呵！哈哈！她竟强奸了錢莊老板的小兒子，竟嫖了資本家的小少爺！……

曼英一層一層地回想起來了這些不久的往事。在今日以前，她從

沒曾想及這些行爲是對的呢還是不對的。就是偶爾想及，那她所給與自己的回答，也是以爲這是對的。她更沒曾想及她的行爲是不是下賤的，是不是在賣着身體，做着無恥的勾當。曼英是在向社會報復，曼英是在利用着自己的肉體所給與的權威，向敵人發洩自己的仇恨……這簡直談不到什麼下賤不下賤，什麼無恥不無恥！

但是……曼英今晚聽見了阿蓮的話之後，却對於自己的行爲有點懷疑起來：她是不是一個最下賤的人呢？她是不是在賣着身體呢？若果是的，那她還有和這個純潔的小姑娘共睡在一張床上的資格嗎？那她，曼英，曾是一個爲着偉大的事業而奮鬥的戰士，曾自命是一個純潔的，忠實的革命黨人，到了現在該墮落到什麼不堪的地步呵！現在曼英不但不是原來的曼英，而且成爲了一個最下賤的人了，這是從何講起呢？不，曼英決不是這樣，曼英是無須乎懷疑自己到這種地步

的！曼英想道，也許阿蓮所說的話是對的，但是她，曼英，並不是最下賤的人，並不是在賣着身體，曼英原是別一種人呵……

但是，曼英無論如何爲自己辨解，總劃除不了對於阿蓮抱愧的感覺。她生怕阿蓮知道了她是什麽人，她是在幹着什麽事情。睡在床上打鼾聲的小姑娘，現在是在夢中遊玩着了，也許在看把戲，也許在鼓着雙翼在天上飛……但無論如何是不會想到曼英是一個什麽人的。曼英儘可以放心，儘可以將這些討厭的思想拋去，但是曼英如做了什麽虧心事也似的，總是在床上翻來覆去睡不着。

窗外的雨聲停止了，然而曼英的思想並沒有因之而停止。玻璃窗漸漸地泛着白色，想是已到黎明的辰光了。人們快要都從睡夢中起身了，然而曼英還是睜着兩眼，不能入夢。曼英想爬起身來，然而覺得很疲倦，一點兒力氣也沒有了。連她自己也不知爲什麽，覺着很傷心

也似的，又伏在枕上嚶嚶地哭泣起來了。

最後，她終於合起淚眼來，漸漸地走入夢境了……

她恍惚間立在一所荒山坡下……蔓草叢生着，幾株老樹表現着無限的凄涼。這不是別處，這正是她在南征時所經過的地方……她想起來了，密斯W是在此地埋葬的，於是她便開始尋找密斯W的墳墓。在很艱難的攀荊折藤之後，她終於找到一個小小的土堆了。那土堆前面的許多小石頭，她記得，這是她當時堆着做爲記號的，當時她曾想道，也許有再來掃墓的機會……

土堆上已生着了蔓草。密斯W的屍身怕久已腐爛得沒有痕跡了，剩下的不過是幾塊如石頭一般的骨骼而已……曼英惆悵了一會，不禁悽然流下了幾點眼淚。忽然她眼前現出一個人來，這不是什麼別人，這正是密斯W，這是她所憑吊着的人……曼英恍惚間又變了別一種心

境：即時快樂起來了。別了許久不見面的密斯W，現在又重新立在她的面前，又重新對她微笑，這是多末開心的事！……但是，轉瞬間密斯W的面色變了，變得異常地憂鬱……

——曼英，你忘記了我們的約言了嗎？——曼英聽着那憂鬱的面孔開始說道：——你現在到底幹一些什麼事情？我的坟土未乾，你就變了心嗎？啊？

——姐姐，我並沒有變心呵！我不過是用的方法不同……

曼英正待要為着自己辨護下去，忽又聽見密斯W嚴厲地說道：——不，你現在簡直是胡鬧！我們走着向上的路，向着光明的路，你却半路中停住了，另找什麼走不通的死路，這豈不是胡鬧嗎？你現在的成績是什麼？除開蹧蹋了你自己的身子而外，你所得到的效果是什麼？回頭罷！……

密斯W說着說着，便啪地一聲給了曼英一個耳光，曼英於是驚醒了。醒來時，她看見阿蓮笑嘻嘻地立在床面前，向她說道：

——姐姐，可以起來了，天已不早了呢。

六

如果我們在阿蓮的面孔上找不出其牠的特異的美麗來，那在她的腮龐上的兩個圓滴滴的小笑窩，可是要令我們對她十分撫愛了。當阿蓮說話的時候，那兩個小笑窩總是要深深地顯露出來，曼英也就因此時常對那兩個小笑窩出神，她覺得那是非常地有趣而可愛。她有時覺覺得，如果那兩個小笑窩時常在她的眼前顯露着，那她便什麼也不想起，便什麼也不會引起她的愁苦來……

昨夜在電燈光下，曼英那時並不覺得阿蓮有如現在的可愛。今天在白日的明晰的光線下，曼英不時地向阿蓮端詳着，見着她雖然穿得不好，雖然在那小小的面孔上也呈現着勞苦的波紋來，但是她的那一

種天眞的美，那一種伶俐的神情，確顯得她是一個很可愛很可愛的小姑娘。曼英現在雖然沒有什麽親人，可是在得着了這末樣一個可愛的小小妹妹之後，她覺得她是不再需要別的什麽人了。呵，只要阿蓮永遠地跟着她，只要她能永遠地看着那兩個圓滴滴的小笑窩！……

從清早起，阿蓮便勞作着不休：先整理房間，後掃地，接着便燒飯，洗衣服……這證明她的年紀雖小，可是她已經勞作慣了。曼英見着她做着這些事情是很自然而不吃力，很心願而不勉强。有時曼英止住她，說道：

——你不能夠，那讓我來呵。

——姐姐，——阿蓮笑吟吟地說道，——這是很容易做的呵。媽媽活着的時候，把我這些事情教會了。我還會補衣服，縫衣服呢。姐姐，你有破了的衣服嗎？在我的姑媽家裏，燒飯洗衣服，縫衣服，補

衣服，我是做得太多了的……——阿蓮說着說着，又繼續做她的事情了。曼英見着她的背影，她的一根小小的辮子，不禁暗自想道：

『這末樣一個可憐而又可愛的小姑娘……』

一天容易過，轉瞬間不覺得又是夜晚了。吃了晚飯之後，曼英還是要出門去。昨夜的思潮雖然湧得她發生了不安的感覺，但是今天她最後想道，她已經走上了這一條路了。——這也許是死路，是不通的路，然而就這樣走去罷，還問牠幹什麼呢？就讓牠是死路，就讓牠是不通的路！……

昨晚她對錢培生失了約，今晚她要到天韻樓去，或者可以碰得見他。就是碰不見他，那也沒有什麼要緊，反正曼英不希罕一個小買辦的兒子……曼英是可以找得到第二個錢培生，第三個錢培生的。

——妹妹，你留在家裏，我要出去，也許我今晚不回來睡了……

——曼英在要預備走出的當兒，這樣地向阿蓮說。

——姐姐，你到什麼地方去？——在阿蓮的腮龐上又顯露出來兩個圓滴滴的小笑窩了。曼英向她出了一會神，很不自然地說道：

——我，我到一個夜學校去……

——到夜學校去？讀書嗎？

——不，我是在那裏教書。

曼英捉住了自己是在扯謊，不禁在阿蓮面前隱隱地生了羞愧的感覺。她生怕阿蓮察覺出來她是在扯謊……但是阿蓮什麼也沒有察覺，只向她懇求着說道：

——把我也帶去罷，我是很想讀書的呢。媽媽說，一個人認不得字，簡直是瞎子……

——妹妹，——曼英有點着急了。——那學校裏你是不能去的。

——姐姐，我明白了。

這句話將曼英嚇得變了色：她明白了，明白了什麼呢？明白了曼英是在扯謊嗎？明白了曼英是到一個什麼不好的地方去，而不是到夜學校去嗎？……

——你明白了什麼呢？——曼英心跳着這樣匆促地問。

——那學校裏不准窮人的孩子讀書，是不是？——阿蓮沒察覺到曼英的神色，依舊很平靜地這樣問她。

——是的，是的，——曼英如卸了一付重担子也似的，卽時地把心安下來了。——無論什麼學校，都是不准窮人的孩子讀書的。

阿蓮望着曼英，慢慢地，慢慢地，將頭低下來了。曼英感覺得她的一顆小心靈是爲失望所包圍着了、她意識到她是一個窮女兒，她永遠地不能讀書，也就永遠地不會認得字了……一種悲哀的同情心幾乎

要使得曼英爲阿蓮流起淚來。

——妹妹，——曼英摸着阿蓮的頭說道，——你別要傷心呵！……我是會敎你認字的呵……從明天起，我在家裏就敎你認字，好嗎？

——眞的嗎？——阿蓮抬起頭來，又高興得喜笑顏開了。她拉住了曼英的手，很親暱地說道：——好姐姐，你眞是我的好姐姐呵！如果你把我敎會了，認得字，那我將該多末地快活，眞是要開心死了！……

這樣，曼英將阿蓮說得安了心，阿蓮用着很信任的眼光將曼英送出房來……但是曼英走到街上時，無論如何不能擯去羞愧的感覺，因爲她騙了阿蓮，因爲她現在不是走向什麼夜學校，而是走向天韻樓，走向那人肉市場的天韻樓……如果阿蓮曉得了她是走向這種不光明的場所去！……曼英想到此地，不禁一顆心有點驚顫起來了。

在天韻樓裏曼英眞個碰見了錢培生。錢培生見着了曼英，又是驚喜，又是怨望。沒有說什麽話，兩人便走進那天韻樓上的大東旅館了。兩人坐下來了之後，錢培生帶着一種責問的口氣說道：

——我等了你一夜，你爲什麽不來呢？你不怕等壞了人嗎？

——誰敎你等來？曼英很不在意地說道，——那只是你自己要做傻瓜。

——哼，你大概又姘上了什麽人，和着別人去開旅館去了罷……

——笑話！——曼英立起身來，現着滿臉怒容，拍着桌子說道，——你把我買了嗎？我是你的私有財產嗎？你父親可以佔有你的媽媽，可是你却不能佔有我。我高興和誰個姘，就和誰個姘，你管得我來！你應當知道，今天我可以同你睡覺，明天我便可以把你拋到九霄雲外去。不錯，你有的是幾個臭錢，可是，呸，別要說出來汚壞了

我的舌頭！……

曼英越說越生氣，好像她適才對於阿蓮的羞愧，現在都變成對於錢培生的憤怒了。照着她現在的心情，眞要把錢培生打死，罵死，侮辱死，才能如意。忽然，曼英出乎錢培生意料之外地倒在床上，哈哈地大笑起來了。這弄得錢培生莫明其妙：曼英是在眞正地向他發火，還是向他開玩笑呢？……

——你是怎麼着了？——停了一會，錢培生帶着怯地問道，——你發了神經病嗎？

曼英停住了笑，從床上立起身來，走向錢培生跟前，將他的頭抱起來，輕輕地說道：

——我並不怎麼着，也沒發什麼神經病，不過我以為你太傻瓜了，我的小買辦的兒子！從今後你不可以在我的面前說閒話，你知道

了嗎？……

錢培生一點兒也不響。馴服得就同小哈叭狗一樣。

——上床睡覺罷，我的小乖乖！——曼英將他的頭拍了一下，說道，——可是今夜你不準挨動我，我太疲倦了……

在睡夢中，恍惚間，她又走到那荒涼的山坡了，她又見着了密斯W的墳墓……密斯W又向她說了同樣的話……

第二天早晨醒來，曼英將昨夜的夢又重新溫述一番，覺得甚是奇怪：為什麼昨夜的夢與前夜的夢相同呢？難道說密斯W的魂靈纏住了她嗎？……曼英笑着想道，這是不會的，密斯W的魂靈絕對地不會來擾亂她……這不過是因為她的心神的不安之所致罷了。『管牠呢！……』曼英終於是這樣地決定了。

曼英本來不願意醒了之後就起身的，可是她想起來了留在家中的

孤單的阿蓮，覺着有點不安起來：阿蓮昨夜也不知睡着了沒有？她一個人睡覺怕不怕？……也許曼英走出之後，阿蓮隨着也就跑了，也未可知……曼英本來很知道這事情是不會發生的，然而她本能地爲着不安，急於要回到家中看一看。

在剛要走近寧波會館的當兒，曼英看見迎面來了兩個男人：一個穿着藍布衣服的工人，那別一個雖然也穿着黑色的短褂袴，形似工人模樣，但他的步調總還顯得有點知識階級的氣味。他帶着鴨嘴帽子，曼英始而沒看淸楚他的面孔，後來逼近一些，曼英便在那鴨嘴帽子的下面看出一個很熟的面孔來：一個獅子鼻子，兩隻黑溜溜的眼睛……這是曾做過曼英的友人，曾要愛過曼英而曼英不愛他的李尙志。雖然衣服穿得不同了，但他的眼睛還是依舊地射着果毅而英勇的光，他的神情還是依舊地那樣誠樸而有自信。

他還是曼英從前所見着的李尙

志，他還是被Ｈ鎮的熱烈的氛圍所陶醉了的時候的李尙志。曼英覺得他一點兒都沒有變。政局變動了，有許多人事也變遷了，甚至於那漢江的水浪也較低落了三尺，然而曼英覺得李尙志依舊是李尙志，李尙志的一顆心依舊地熱烈，堅忍而忠勇……曼英有點茫然了：招呼他還是不招呼他呢？曼英現在已經走上了別一條路，曼英已經不是從前的曼英了，既然如此，那曼英有沒有再招呼李尙志的必要呢？

曼英立着不動，如木偶一樣……李尙志走到她的跟前，向她愣了一眼，略停一停，便又和着自己的同伴向前走去了。他似乎認出來了曼英，又似乎沒將她認出來。曼英在原地方呆立了十幾分鐘之後，忽然間覺得自己的一顆心有點悲痛起來。她以爲李尙志是認出來了她，而不知因爲什麽原故，只愣了她一眼，便毫無情面地離開她而走去……也許他覺察出來了曼英已經不是先前的曼英了，曼英成爲了一個最

下賤的人，最不足道的女子……不錯，他曾是過曼英的好友，曾愛過曼英，然而他愛的是先前的曼英，而不是現在的，這個剛從旅館出來的娼妓（！）……

曼英越想越加悲痛起來了。爲什麽李尙志不理她呢？爲什麽李尙志是那樣地鄙棄她？難道說她眞已成了一個最下賤的女子了嗎？曾幾何時?!友人變成了路人，愛她的現在鄙棄她！這到底是怎麽一回事呢？如果是別人，是什麽買辦的兒子，什麽委員，這樣地對待曼英，曼英只報之以唾沫而已，管他媽的！但是李尙志，這個曾經愛過曼英的人……這未免太使曼英難堪了！

然而曼英是一個傲性的人，她轉而一想，便也就將這件事情丟開了。理也好，不理也好，鄙棄也好，不鄙棄也好，讓他去！難道說曼英一定要需要李尙志的友誼不成嗎？笑話！……於是曼英想企圖着

將李尙志忘刦，就作算沒有過他這個人一樣。但是，奇怪得很！李尙志的面孔老是在曼英的腦海裏旋轉着，那一眼，那李尙志楞她的一眼，曼英覺得，老是在向她逼射着……曼英不禁有點苦惱起來了。

走到家裏之後，阿蓮向她歡迎着的兩個小笑窩，頓時把曼英的不愉快的感覺壓抑下來了。曼英抱着阿蓮的頭，很溫存地吻了幾下。她問她昨夜有沒有睡着覺，害不害怕……阿蓮搖着頭，笑着說道：

——怕什麼呢？我從小就把胆子養大了。你昨夜在夜學校裏睡得好嗎？你一個人睡嗎？

這一問又將曼英的心境問得不安起來了。她含糊地說了幾句，便將話頭移到別的事情上去，可是她很羞愧地暗自想道：

『我騙她說，我是睡在夜學校裏，其實我是睡在旅館裏……我說我是一個人睡，其實和着我睡的還有一個小買辦的兒子……這是怎樣

地可恥呵！……』

曼英照常地過着生活……雖然對於阿蓮抱愧的感覺不能消除，夢中的密斯W的話語不能忘却，李尚志的面目猶不時地出現在她的腦海裏，然而曼英是很能自加抑制的人，並不因此而就改變了那爲她所已經確定了的思想。不錯，李尚志所加於她的鄙棄，使着她的心靈很痛苦，一方面對於李尚志發生仇恨，一方面又隱隱地感覺得李尚志有一種什麼偉大的力將她的全身心緊緊地壓迫着……但是曼英總以爲自己的思想是對的，所以也就把這一層硬置之不問了。

光陰如箭也似地飛着……

又是一個禮拜。

又是在寧波會館的前面。

這一次，曼英見着李尚志依舊穿着黑色的短褂袴，依舊頭上戴着

鴨嘴帽子，在他的身上一切都仍舊……不過他的同伴現在是一個二十左右女學生模樣的女子了。兩人低着頭，並排地走着，談得很親密。他們倆好像是夫妻，然而又好像是別的……這一次，李尙志走至曼英面前，停也沒有停，看也沒有看，彷彿他完全爲那個女子，或者爲和那個女子的談話所吞食了，一點兒也顧及不到別的。世界上沒有別的什麼人了，曼英也沒有了，有的只是他，李尙志，和那個同他談話的女子……

李尙志和自己的女同伴慢慢地，慢慢地走遠了，而曼英還是在原處呆立着。她自己也幾乎要懷疑起來了：在這世界上大概是沒有曼英這樣一個人的存在罷？……不然的話，爲什麼李尙志一點兒都沒感覺到她？……

『這是他的愛人罷，』曼英最後如夢醒了也似地想道，『是的，

這一定是他的愛人！當然囉，他現在已經有了愛人，還理我幹什麼呢？從前他曾經愛過我，曾經待我好，但是……現在……他已經有了愛人了……他可以不再要我了。他可以把我當成死人了。」

一種又酸又苦的味忽然湧上心來，曼英於是哭起來了。剛一走進房中，便向床上倒下，並沒問阿蓮，如往日一樣，稍微溫存一下。阿蓮的兩個圓滴滴的小笑窩也不能再消除她的苦悶了。

——姐姐，你為什麼今天這樣苦惱起來？——阿蓮伏在曼英的身上，輕輕地這樣問着說。曼英沒做聲，只將阿蓮的手握着不動。

曼英一方面似乎恨李尚志，嫉妬那和李尚志並排走着的女子，但一方面她想起了柳遇秋來……曼英本來是有過愛人的，曼英本來很幸福地嘗受過愛情的滋味，曼英本來沉醉過於那柳遇秋的擁抱……但是這些都是往事，都是已經消逝了的美夢，再也挽轉不回來了。現在

柳遇秋在什麽地方呢？是死還是活？是照舊地和李尙志一樣前進着，還是如曼英一樣走上了別一條路？……曼英的身子已經是被汚穢了，不必再想起那純潔的，高尙的愛，更不必嫉妬那個和李尙志並排走着的女子，也不必恨李尙志忘却了自己……但是……李尙志是曾愛過曼英的人呵………而他現在有着別一個女子！不再需要曼英對於他的愛了！……

曼英越想越悲傷起來。

——姐姐，請你告訴我，你爲什麽要這樣傷心呢？唉，如果曼英能將自己的傷心事向阿蓮全盤地傾吐出來！……阿蓮年紀還小，阿蓮是不懂得姐姐爲什麽要傷心的。

『但是柳遇秋現在到底在什麽地方呢？』曼英最後停住了哭泣，想道：『李尙志一定知道他的消息……無論如何，我應當和李尙志談

一談話！就讓他鄙棄我……」

第二天曼英立着寧波會館前面等候了半天，然而沒有等到。

第三天……結果又是失望。然而曼英知道李尚志是一定要經過這條路的，她終久是可以等得到他的。

第四天，曼英的目的達到了。李尚志依舊穿着黑色的[illegible]褂袴，依舊頭上戴着鴨嘴帽子，在他的身上一切都仍舊……不過他現在沒有同伴了，只是一個人獨自地走着。這一次，他可是沒有隨便地在曼英面前經過了。他認出來了曼英……他停住了脚步。兩眼向曼英直瞪着，彷彿他發了痴一般，一句話也不說。曼英見着他這種神情，不禁有點猶豫起來。如果她走向前去和李尚志打招呼，那李尚志會將怎樣的態度對她呢？……

——你不是李尚志嗎？——最後曼英冒着險去向李尚志打招呼。

李尙志點一點頭。

——你不認得我了嗎？——曼英又追問着這末一句。

李尙志慢慢地低下頭來，輕輕地說道：

——我認得，我爲什麽不認得你呢？

曼英也將頭低下來了，不知再說什麽話爲好。兩人大有相對着黯然神傷的模樣。

——你現在好嗎？——停了一會，曼英聽着李尙志開始說道：——我們已經快要有一年沒見面了……你和柳遇秋現在……怎樣了？……他現在做起官來了呢。

——尙志，你說什麽？——曼英聽了李尙志的話，卽刻很驚訝地，急促地問道：——他，他已經做了官嗎？啊？

——難道說你不知道嗎？——李尙志抬起頭來，輕輕地，帶着一

點驚詫的口氣問。曼英沒有做聲，只逼視着李尚志，似乎不明白李尚志的問話也似的。後來她慢慢地又將頭低下來了。

——尙志，——兩人沉默了一會，曼英開始驚顫地說道，——人事是這般地難料！他已經做了官，可是我還在做夢，我不知道他是這樣的一個人……尙志，你還是照舊嗎？你還是先前的思想嗎？

李尙志向曼英審視了一下，似乎要在曼英的面孔上找出一個證明來，他可否向她說實在話。他看見曼英依舊是曼英，不過在她的眼底處閃動着憂鬱的光芒。他告訴了她實在話：

——曼英，你以爲我會走上別的路嗎？我還是從前的李尙志，你所知道的李尙志，一點也沒有變，而且我，永遠是不會變的……

——尙志，你不說出來，我已經感覺得到了。你是不會變的。不過我……

——不過你怎樣？

——此地不是說話的地方呵，到我住的地方去好嗎？

——你一個人住嗎？——李尚志有點不放心的神情。曼英覺察出來了這個，便微微地笑着說道：

——雖然不是一個人住，可是同我住着的是一個不十分知事的小姑娘，不要緊……

於是兩人默默地走到曼英的家裏。

曼英自己也有點奇怪了。雖然過了幾個月的放蕩生活，雖然也遇着了不少的男人，但曼英總沒曾將一個人帶到過家裏來；在她的一間小亭子間裏，從沒曾聞着過男人的氣息。如果不是在最後的期間，曼英得着了一個小伴侶，阿蓮，那恐怕到現在她還是一個人住着。她是決意不將任何人引到自己的小窩巢來的。雖然錢培生，雖然其餘的客

人，也曾多番地請求過，但是曼英總是拒絕着說道：

——我的家裏是不可以去的呵！……

但是，現在……李尙志並沒請求她，連一點兒意思都沒有表示，爲什麽曼英要自動地向他提議到自己的住處去呢？李尙志不是一個男人嗎？……曼英自己實在有點覺得奇怪了。但這種奇怪的感覺不久便消逝了，後來她只想道，『他到我的家裏去是不要緊的呵！而且近來我感覺得這樣寂寞，讓他時常來和我談談話罷……』曼英想到此地，不禁覺得自己如失去了一件什麽寶貴的物品，現在又重新爲她所找到了也似的。

李尙志不敢遽行進入曼英的房裏，他向內先望了一望。他見着一個十二三歲的小姑娘伏在桌子上寫字……此外沒有別的，有的只是那在床頭上懸着的曼英的像片，桌子上的一堆書籍……

阿蓮見他們二人走進房裏，便很恭敬地立起身來，一聲也不響。李尙志走近桌子跟前，看見那上面一張紙上寫着許多筆畫歪斜的字：『父親……母親……打死……病死……阿蓮不要忘記……』

——阿蓮，——曼英沒有看見那字，摩着阿蓮的頭，向她溫存地問道：——你今天又寫了一些什麼字呀？我昨天教給你的幾個字，你忘記了沒有？

——沒有忘記，姐姐。——阿蓮低着頭說道，——我唸給你聽聽，好嗎？『父母慘死，女兒復仇……』對嗎？

——呵，好妹妹！讓我看看你今天寫了些什麼，——曼英離開阿蓮，轉向李尙志說道，——你爲什麼看得這樣出神呀？

李尙志向椅子上坐下了。他的面容很嚴肅，手中仍持着阿蓮的字，一聲不響地凝視着。他如沒聽見曼英的話也似的。曼英不禁覺得

有點奇怪，便從李尙志手中將那紙拿開，預備看一看那上面到底寫了些什麽，就在這個當兒，李尙志開始向曼英問道：

——這個小姑娘姓什麽？她怎麽會和你住在一塊呢？很久了嗎？

曼英不卽回答他，走向自己的一張小鐵床上坐下了。她向低着頭立着不動的小阿蓮望着，不忍遽將阿蓮的傷心史告訴給李尙志聽，但是在別一方面，她又覺得非將這一段傷心史告訴他不可，似乎他，李尙志有爲阿蓮復仇的力量也似的，而她，王曼英，却沒有這種力量……

於是李尙志便從曼英的口中，聽見了阿蓮的父母的慘死，那一段悲痛的傷心史……李尙志靜聽着，而阿蓮聽到中間却掩面嚶嚶地哭起來了。她的兩個小肩頭不斷地抽動着，這表示她哭得那般傷心，那般地沉痛。

曼英不忍再訴說下去了，她覺得自己的鼻孔也有點酸起來。她忘却了自己，忘却了還有許多話要向李尙志說，一心只爲着小阿蓮難過。後來她將阿蓮拉到自己的懷裏，先勸阿蓮不要哭，不料阿蓮還沒有將哭停住，她却抱着阿蓮的頭哭起來了。這時曼英似乎想起來了自己的身世，好生悲哀起來，這悲哀和着阿蓮的悲哀相混合了，爲着阿蓮哭就是爲着自己哭……

李尙志看一看自己的手表，忽然立起身來，很驚慌地說道：

——我還有一個緊要的地方要去一去，非去不可。我不能在此久坐了，曼英，我下次再來罷。

李尙志說着便走出房門去，曼英連忙撇開阿蓮，在樓梯上將他趕上，拉住說道：

——尙志，你一定要來呵！我請求你！我們今天並沒有談什麽話

呢！……

——是是是，我一定來！

於是曼英將他送出後門，又呆呆地目送了他一程。回到房中之後，阿蓮牽着她的手，問道：

——姐姐，他是一個什麽人呵？

——妹妹，他是………——曼英半晌說不出一個確當的名詞來。——他是……他是一個很好很好的好人呵！他想將世界造成那末樣一個世界，也沒有窮人，也沒有富人，……你懂得了嗎？

——我有點懂得，——阿蓮點一點頭，如有所思也似的，停了一會，說道，——他是衛護我們窮人的嗎？

——呵，對啦，對啦，不錯！他就是這末樣的一個人呢！不過，你知道他很危險嗎？這衛護窮人是犯法的事情呢，你明白嗎？捉到是

要槍斃的……

——姐姐，我明白了。我的爸爸就是爲着這個被打死的，可不是嗎？

曼英沒有再聽見阿蓮的話，她的思想集中到李尚志的身上了。他還是那般地匆忙，那般地熱心，那般地忠誠，一點兒也沒改變……『一個偉大的戰士應當是這樣的罷？……』她是這樣地想着。李尚志的偉大漸漸地在她的眼中擴大起來，而她，曼英，曾自命過爲戰士的曼英，不知爲什麽，在她的眼中反漸漸地渺小起來……

七

大世界！大世界！住居在上海的人們誰個不知道大世界呢？這是一個巨大的遊戲場，在這裏有的是各種遊藝：北方的雜耍，南方的灘簧，愛文的去聽說書，愛武的去看那刀槍棍棒，愛聽女人的京調的去聽那羣芳會唱……

同時，這又是一個巨大的人肉市場，在這裏你可以照着自己的口味，去選擇那胖的或瘦的姑娘。她們之中有的後邊跟着一個老太婆，這表明那是賤貨，那是揚州幫；有的獨自往來，衣服也比較穿得漂亮，這表明她是高等的淌白，其價也較昂。有的是如妖怪一般的老太婆，有的是如小鷄一般的小姑娘，有的瘦，有的胖，有的短，有的長

……呵，聽揀罷，只要你荷包中帶着銀洋……

呵，大世界！大世界！住居在上海的人們誰個不知道大世界呢？在這裏可以看遊藝，在這裏又可以吊膀子……

每逢電燈一亮的辰光，那各式各種的貨色便更湧激着上市了。這時買主們也增加起來，因之將市場變得更形熱鬧。有一天晚上，在無數的貨色之中，曼英也湊了數，也在買主們的眼中閃動，雖然在意識上曼英不承認自己是人肉，不承認那些人們是她的買主……但是在買主們看來，她，曼英，是和其牠的貨色一樣的呵。曼英能夠向他們聲明，她是獨特的嗎？如果她這樣聲明着自己的獨特性，那所得到的結果，只不過要介那些買主們說她是發痴而已。

照着平時一樣，曼英做着女學生模樣的打扮：頭上的髮是燙了的，身上的一件旗袍是墨綠色，腳下的是高跟皮鞋……一切都表明她

是一個很素雅，很文明，同時又是很時髦的女學生。這是一件很特出的貨色呵！她的買主不是那些寃大頭，而是那些西裝少年，那些文明紳士……

——曼英坐在一張被電光所不十分照着的小桌子旁邊吃茶，兩眼默默地靜觀着在她面前所來往的人肉。她想像着她們的生活，她們的心理……看着她們那般可憐而又可笑的模樣，不禁發生深長的嘆息。她忘却她自己了。在不久以前，她認識了一個姑娘，那姑娘是不久才開始做起生意的。——曼英問起了她的身世，問她為什麼要幹着這種苦痛的勾當……那姑娘哭起來了：

——姐姐，你哪裏曉得？不幹又有什麼法子呢？我幾次都想懸樑吊死，可是連行死的機會都沒有。家中把我賣到堂子來了，那我的身體便不是我自己的了，他們不許我死……我連死都死不掉！……若兩

夜接不到客人，那鴇母便要打我，說我面孔生得不好哪，不會引誘客人哪……一些最難聽的話。姐姐呵，世界上沒有比我們這樣的人再苦的了！……

那姑娘還不知道曼英是什麼人，後來一見面時，便向曼英訴苦。曼英因此深深地知道妓女的生活，妓女的痛苦……唉，這世界，這到底是什麼世界呢！？……曼英總是這樣想着，然而她却忘却了她自己是在過着一種什麼生活。今晚，曼英又在人叢中看見那個可憐的姑娘了，然而曼英故意地避開了她，不願意老聽着她那每次都是同樣的話；此外，她那從眼底深處所射出來的悲哀的光，實在是使曼英的一顆心太受刺激了。是的，曼英實在地不願意再見她了。

唉，這世界，這到底是什麼世界呢！？……曼英繼續地這樣想着，忽然一個穿着武裝便服，帶着墨色眼鏡的少年，向她隔着桌子坐將下

來了。曼英驚怔了一下，似乎那面孔有點相熟，曾在什麼地方見着過也似的。曼英沒有遽行睬他，依舊像先前一樣地坐着不動，但是心中却暗想道，『小鳥兒也捉過許多，但是像這樣羽毛的還沒有捉過呢……』於是曼英便接連着向那武裝少年溜了幾眼。

——請問女士來了很久嗎？——曼英聽着那少年開始用着北京的話音向她說話了。——大世界的遊人眞是很多呢……

——你先生也常來此地嗎？——曼英很自然地笑着問。

——不，偶爾來一兩次罷了。敢問女士是一個人來的嗎：

——是的。一個人到此地來白相相……

曼英既然存着捉小鳥兒的心思，而那小鳥兒又懷着要被捉着的願望，這結果當然是明顯的了。兩人談了幾句話之後，便由那武裝少年提議，到遠東旅館開房間去……

曼英一路中只盤算着怎樣捉弄這個小鳥兒的方法。如果她曾逼迫過一個四十幾歲的委員老爺向自己叫了三聲親娘，如果她曾强奸過一個錢莊老板的小少爺，如果她很容易地侮弄了許多人，那她今天又應當怎樣來對付這個漂亮的武裝少年呢？……這個小鳥兒，眼見得，不同別的小鳥兒一樣，是不大容易對付的……但是，曼英想道，今夜晚她是無論如何不能把他放鬆的！曼英既然降服了許多別的小鳥兒，難道沒有降服這個小鳥兒的本事嗎？

在路中兩人並沒有說什麽話。遠東旅館離大世界是很近的，不一會兒便到了。原來……原來那九號房間已經爲那武裝少年所開好了的，他並沒有問過茶房，便引着曼英走進。女人的鼻子是很尖的，曼英走入房間後，卽刻嗅出還未消逝下去的香水的，脂粉的和女人的頭髮的氣味。也許在兩小時以前，這位武裝少年還在玩弄着女人呢……

曼英坐下了。武裝少年立在他的前面，笑嘻嘻地將臉上的墨色眼鏡取下。他剛一將墨色眼鏡取下，便驚怔地望後退了兩步，幾乎將他身後邊的一張椅子碰倒了。曼英這時才看見了那兩隻秀麗而嫵媚的眼睛，才認出那個爲她起初覺得有點相熟的面孔來，這不是別人，這是柳遇秋，曾什麽時候做過曼英的愛人，而現在做了官的柳遇秋……曼英半晌說不出話來，然而她只是驚愕而已，既不歡欣，也不懼怕。眼見得柳遇秋更爲曼英所驚愕住了。在墨色眼鏡的光線下，他沒認出，而且料也沒料到這個燙了髮，穿着高跟皮鞋的女郎，就是那當年的樸素的曼英，就是他的愛人。現在他是認出曼英來了，然而他不能相信這是眞事，他想道，這恐怕是夢，這恐怕是幻覺……他所引進房間來的決不是曼英，而是別一個和曼英相像的女子……曼英是不會在大世界裏和他吊膀子的！……但是，這的確是曼英，這的確是他的愛人，

他並沒有認錯。在柳遇秋的驚神還未安定下來的時候，曼英已經開口笑起來了，她笑得是那般地特別，是那般地不自然，是那般地含着苦淚……這弄得柳遇秋更加驚怔起來。停了一會，曼英停住了笑，走至柳遇秋的面前，用眼逼視着他，說道：

——我道是誰，原來我們是老相識呵。你不認得我了嗎？我不是別人，我是王曼英，你所愛過的王曼英，你還記得嗎？貴人多忘事，我知道這是很難怪你的。

——曼英，你……——柳遇秋顫動着說道，——我不料你，現在……居然……——他想說出什麽，然而他沒有說出來。曼英已經明白他的意思了。

——你不料我怎樣？你問我爲什麽在大世界裏做野雞嗎？那我的回答很簡單，就因爲你要到大世界裏去打野雞呵。我謝謝你，今天你

是先找着我的。你看中了我罷，是不是？哈哈，從前你是我的愛人，現在你可是我的客人了。我的客人，你是我的客人，你明白了嗎？哈哈！……

——曼英又倒在沙發上狂笑起來了。柳遇秋只是向她瞪着眼睛，不說話。後來他走向曼英並排坐下，驚顫地說道：

——曼英，我不明白你……你難道眞是在做這種事情嗎？……

——曼英停住了笑，輕輕地向柳遇秋回答道：

——你很奇怪我現在做着這種事情嗎？我爲什麽要如此，這眼見得你死也不會明白。好，就作算照你的所想，我現在是在賣身體，但是這比賣靈魂還要强得幾萬倍。你明白嗎？遇秋，你是將自己的靈魂賣了的人，算起來，你比我更不如呢……

——你，你說的什麽話？！——柳遇秋驚愕得幾乎要跳起來了。但

是曼英似乎很溫存地握住他的手；繼續說道：

——你現在是做了官了，我應當爲你慶賀。但是在別一方面，我又要哀吊你，因爲你的靈魂已經賣掉了。你爲着要做官，便犧牲了自己的思想，自己的歷史，拋棄了自己的朋友……你已經不是先前的，爲我所知道的柳遇秋了。你已經出賣了自己的靈魂……不錯，我是在賣身體，但是我相信我的靈魂還是純潔的，我對於我自己並沒有叛變……你知道嗎？曼英是永遠不會投降的！她的身體可以賣，但是她的靈魂不可以賣！可是你，遇秋，你已經將自己的靈魂賣了……。

——曼英，——停了一會，柳遇秋低聲說道，——你也不必這樣地過於罵我。做了官的也不止是我一個，如果說做了官就是將靈魂賣了，那賣靈魂的可是太多了。我勸你不必固執己見，一個人處世總要放圓通些，何必太認眞呢？……現在是這樣的時代，誰個太認眞了，

誰個就吃老虧，你知道嗎？……什麽革命不革命，理想不理想，曼英，那都是騙人的……

——遇秋，你說的很對！我知道，賣靈魂的人有賣靈魂的人的哲學，傻瓜也有傻瓜的哲學，哲學既然不同，當然是談不攏來。算了罷，我們還是談我們的正經的事情！——曼英又強做笑顏，向柳遇秋斜着媚眼，說道，——敢問我的親愛的客人，你既然把我引進旅館來了，可是看中了我嗎？你打算給我多少錢一夜？我看你們做官的人是不在乎的……

曼英說着說着，將柳遇秋的頭抱起來了，但是柳遇秋拉開了她的手，很苦惱地說道：

——曼英，請你別要這樣罷！我眞沒料到你現在墮落到這種地步！

——怎嗎？你沒料到我墮落到這種地步？那我也要老實向你說一句，我也沒料到你墮落到這種地步呢！你比我還不如呵！……爲什麽我們老要談着這種話呢？從前我們倆是朋友，是愛人，是同志，可是現在我們倆的關係不同了。你是我的客人，我的客人呵……

曼英說至此地，忽然翻過身去，伏着沙發的靠背，痛哭起來了。她痛哭得是那般地傷心，那般地悲哀，彷彿一個女子得到了她的愛人死亡了的消息一樣。曼英的愛人並沒有死，柳遇秋正在她的旁邊坐着……但是曼英却以爲自己的愛人，那什麽時候爲她所熱烈地愛過的柳遇秋已經死了，永遠地不可再見了，而現在這個坐在她的旁邊的人，只是她的客人而已。她想起來了那過去的對於柳遇秋的愛戀和希望，那過去的溫存和甜蜜，覺得都如烟影一般，永遠地消散了。於是她痛哭，痛哭得難於自已……唉，人事是這般地難料！曼英怎麽能料到當

年的愛人，現在變成了她的客人呢？

柳遇秋在房中踱來踱去，想不出對付曼英的方法。他到大世界是去尋快樂的，却不料帶回來了一團苦惱……這眞是天曉得！……他不知再向曼英說什麽話爲好，只是不斷地說着這末一句：

——曼英，我眞不明白你……

是的，他實在是不明白曼英是什麽一回事。爲什麽要做這種事情？爲什麽又說出什麽賣靈魂……一些神祕的話來？爲什麽忽而狂笑，忽而痛哭？得了神經病嗎？天曉得！……但是他轉而一想，曼英現在的確漂亮得多了呢，如果他還能將她得到手裏！……柳遇秋一方面很失望，但一方面又很希望：美麗的曼英也許還是他的，他也許能將她獨自擁抱在自己的懷裏。……他想着想着，忽然又聽見曼英狂笑起來了。

——我是多末地傻瓜！——曼英狂笑了幾聲，後來停住了，自對自地說道：——我竟這末樣地哭起來了。過去的讓牠過去，我還哭牠幹嗎呢？但是，回一回味也是好的呢。遇秋，你還記得我們初見面的時候嗎？來呵，到這裏來，來和我並排坐下，親熱一親熱罷，你不願意嗎？

柳遇秋走向曼英很馴服地並排坐下了。曼英握起他的手來，微笑着向他繼續說道：

——眞的，遇秋，你還記得我們初見面的時候嗎？那是前年，前年的春天……你立在演講台上，慷慨激昂地演着說，那時你該是多末地可愛！當你的眼光射到我的身上時，我的一顆處女的心是多末地爲你顫動呵！……從那一次起，我們便認識了，我便將你放在我的心裏。你要知道，在你以前，我是沒注意過別的什麽男子的呵……

曼英沉思了一會，又繼續說道：

——遇秋，你還記得那在留園的情景嗎？那是春假的一天，我們學生會辦事的人去踏靑，你領着頭……那花紅草綠，在在都足以令人陶醉，我是怎樣地想傾倒在你的懷抱裏呵！後來，當他們都走開了，我們倆坐在一張長櫈子上，談着這，談着那，談了許許多多的事情。但是在我的心裏，我只說着一句話：『遇秋，我愛你呵！』……唉，那時的感覺該多末地甜蜜！遇秋，你還記得你那時的感覺嗎？

柳遇秋點一點頭，低低地說道：

——曼英，我還記得。那時我眞想將你擁抱起來……

——呵，遇秋，你還記得你寫信催我到H鎮入軍事政治學校的事情嗎？你還記得我在H鎮旅館初次見着了你的面，那一種歡欣的神情嗎？我想你一定都是記得的。那時你在我的眼光中該是多末地可愛，多

末地可敬，我簡直把你當做了上帝一樣看待。那時，我老實地告訴你，我眞有點在楊坤秀面前驕傲呢；這是因爲我有了你……是的，你那時不是一個模範的有作爲的青年嗎？後來，費你的神，把我送進了學校，我的一顆心該是多末感激你呵！那時，我在人們面前雖然不高興談戀愛的事情，但是我的一顆心已經是屬於你的了。

沉吟了一會，曼英又繼續說道：

——那時，我們該多末地興奮，該多末地懷着熱烈的希望，遇秋，你還記得嗎？我聽了你幾次的演說，你演說得是那末地熱烈，那末地有生氣，眞令我一方面感覺得你就是我的希望，你就是我的光明，一方面又感覺得我們的勝利快要到來了，我們的前途光明得如中天的太陽一樣……後來，我雖然漸漸失望，漸漸覺得黑暗的魔力快要把我壓抑住了，但是，遇秋，我還是照常地信任你，我還是熱烈地愛你，一

點兒也沒有變……後來，在南征的路上，我一路上總是想着你，一方面希望你不要改變初衷，一方面又恐怕你不謹愼，要被他們殺害……唉，那時我該是多末記念着你呵！……

柳遇秋低着頭，一聲也不響，靜聽着曼英的說話，但是，也許他不在聽着她的說話，而在思想着別的事情。曼英逼近地望了他一會，又開始說道：

——後來，我們終於失敗了……我對於一切都失了望……我懷疑起來我們的方法……我慢慢地，慢慢地造成了我自己的哲學，那就是與其改造這世界，不如破毀這世界，與其振興這人類，不如消滅這人類……這樣比較痛快些，我想。不過，遇秋，你要知道，我雖然對於革命失了望，但是我並沒有投降呵！我並沒有變節呵！我還是依舊地反抗着，一直到我的最後的一刻……我可以吃苦，我可以被汚辱，但

是投降我是絕對做不到的！……不錯，我現在是做着這種事情，在你的眼光中，是很不好的事情……我是太墮落了……這都由你想去。但是，我是不是太墮落了呢？過秋，我恐怕太墮落了不是我，而是你啊！我不過是賣着自己的身體，而你，你居然把自己的靈魂賣了！……過秋，我無論如何都沒有想到！……

柳過秋依舊着一聲不響，好像曼英的話不足以刺激他也似的。

——但是，過秋，事情並不是一做錯了就不可以挽回的……將你的官辭去罷！將你賣去的靈魂再贖回來罷！你爲什麼一定要作賤自己的靈魂呢？……過秋，你願意聽我的話嗎？我們討飯也可以，做強盜也可以，什麼都可以，什麼我都可以和着你一道兒做去，你知道嗎？但是，我們決不可投降，決不可在我們的敵人面前示弱！……如果你答應我的話，那我們還可以恢復過去的關係……我也不再做這種事了

……我們再想一想別的什麼方法……遇秋，你願意嗎？啊？看着過去的我們的愛情分上，你就答應我了罷！

但是柳遇秋依舊不做聲。曼英將他的手放開了，不再繼續說將下去，靜等着他的回答。房間中的空氣頓時肅靜起來。過了十幾分鐘的光景，柳遇秋慢慢地將頭抬起來，很平靜地開始說道：

——曼英，我以為你的為人處世太拘板了。在現在的時代，我告訴你，不得不放聰明些。你就是為革命而死了，又有誰個來褒獎你？你就是把靈魂賣了，照你所說，又有誰個來指責你？而且，這賣靈魂的話我根本就反對。什麼叫做賣靈魂呢？一個人放聰明一點，不願意做傻瓜，這就是賣靈魂嗎？曼英，我勸你把這種觀念打破罷，何苦要發這些痴呢？此一時也，彼一時也，我們得快活時且快活，還問牠什麼靈魂不靈魂，革命不革命幹嗎呢？……

他停住了。曼英將兩眼逼射着他，帶着一種又鄙夷又憤怒的神情，然而她並沒有預備反駁柳遇秋的話。停了一會，柳遇秋又開始說道：

——你剛才說，恢復我們從前的關係……我是極願意的。你現在住在什麼地方？我在法租界租的有房子，你可以就搬進去住。從今後我勸你拋去一切的思想，平平安安地和我過着日子。你看好不好？

曼英沒有回答他。慢慢地低下頭來。房間中又寂靜下來了。忽然，出乎柳遇秋的意料之外，曼英立起身來，大大地狂笑起來。狂笑了一陣之後，她臉向着柳遇秋說道：

——你自己把靈魂賣掉了還不夠，還要來賣我的嗎？不，柳先生，你是想錯了！王曼英的身體可以賣，你看，她今天就預備賣給你，但是她的靈魂呵，柳先生，永遠是爲人家所買不去的！算了罷，我們不必再談這些事情了。讓我們還是來談一談怎樣地玩耍罷……

——柳先生，不，柳老爺，——曼英故意地淫笑起來，兩手摸着自己的乳部，向柳遇秋說道，——你看我這兩個奶頭大不大，圓緊不圓緊？請你摸摸看好不好？你已經很久沒有摸牠們了，可不是嗎？

——曼英，你在發瘋，還是？——柳遇秋帶着一點氣忿的口氣說。

——我也沒有發瘋，我也沒有發痴，這是我們賣身體的義務呵。眞的，你要不要摸一摸，我的親愛的柳老爺？我們就上床睡覺好嗎？

曼英說着說着，便將旗袍脫下，露出一件玫瑰色的緊身小短襖來。電光映射到那緊身的小短襖上，再反射到曼英的面孔，顯得那面孔是異常地美麗，嬌艷得眞如一朶巧笑着的芙蓉一般。雖然柳遇秋被曼英所說的一些話所苦惱了，但是他的苦惱此時却爲着他的色慾所壓抑住了，於是他便將曼英擁抱起來……雖然在床上曼英故意地說了些侮弄的，嘲笑的話，然而那都不要緊，要緊的是這柔膩的雙乳，紅嫩的

口唇，輕軟的腰肢……

第二天早晨起來，曼英向柳遇秋索過夜費，這弄得柳遇秋進退兩難：他眞地現在是曼英的客人嗎？給她好，還是不給她好呢？……但是曼英緊逼着他說道：

——柳老爺，你到底打算給我多少錢呢？我知道你們喜歡白相的人，多給一點是不在乎的。請你趕快拿給我罷，我要回去呢……

柳遇秋嘆了一口氣，糊裏糊塗地從口袋中掏出幾張鈔票來，用着很驚顫的手遞給曼英，而曼英却很坦然地從他的手中將鈔票接過來。她又仰着狂笑起來了。如撕字紙一般地她將鈔票撕碎了。接着她便將撕碎了的鈔票紙用脚狠狠地踐踏起來。

——這是賣靈魂混來的錢，——她自對自地說道，——我不要，別要汚辱了我，讓鬼把這些錢拿去罷！……哈哈哈！……

柳遇秋還未來得及明白是什麽一回事的時候，曼英已迅速地走出房門去了。

曼英幾幾乎笑了一路。黃包車夫拖着她跑，不時很驚詫地回頭望她：他或者疑惑曼英發了瘋，或者疑惑曼英中了魔，不然的話，她爲什麽要這樣笑個不住呢？……

剛進入亭子間的門，小阿蓮便迎着說道：

——咋晚李先生來了呢。你老怪他不來，等到他來了，你又不在家。他等了你很久，你知道不知道？

——啊，他咋晚來了嗎？——曼英又是驚喜，又是失望地問道：

——他曾說了什麽話嗎？他說了他什麽時候再來嗎？

——他教我認了幾個字。後來他寫了一張字條留給你，你看，那書桌上不是嗎？

曼英連忙將字條拿到手裏，讀道：

『曼英！我因爲被派到別的地方去了，所以很久沒來看你。但是我的一顆心實在是很記念着呢！今晚來看你，不幸你又不在家。我忙的很，什麼時候來看你，我不能說定。不過，曼英，我是不會將你忘記的。我信任你，永遠地信任你。我對你的心如我對革命的心一樣，一點兒也沒有改變……

尙志留字。』

曼英反覆地將李尙志的信讀了幾遍。不知爲什麼她的一顆心劇烈地跳動起來。她完全將柳遇秋忘却了，口中只是喃喃地唸着：『我對你的心如我對革命的心一樣，一點兒也沒有改變……』

八

光陰如箭也似地飛着。

一天過去了，又是一天……

一天過去了，又是一天……

而李尙志總不見來！他把曼英忘記了嗎？但是他留給曼英的信上說，他是永遠不會將曼英忘記的；他對於曼英的心如對於革命的心一樣，一點兒也沒有變……曼英也似乎是如此地相信着他。但是經過了這末許多時候，爲什麽他老不來看一看曼英呢？

曼英近來於夜晚間很少有出門的時候了。她生怕李尙志於她不在家的時候來了，所以她時時地警戒着自己，別要失去與李尙志見面的

機會。她近來的一顆心，老是懸在李尙志的身上，似乎非要見着他不可。她爲什麼要這樣呢？她所需要於李尙志的是些什麼？曼英現在已經是走着別一條了，如果李尙志知道了，也許他將要罵這一條路爲不通，爲死路；也許他也和着小阿蓮一樣地想法，曼英成爲最下賤的人了……曼英和李尙志還有什麼共同點呢？就是在愛情上說，李尙志本來是爲曼英所不愛的人呵，現在她還緊念着他幹什麼呢？

但是，自從與柳遇秋會了面之後，曼英便覺得李尙志的身上，有一種什麼力量，在隱隱地吸引着她，似乎她有所需要於李尙志，又似乎如果離開李尙志，如果李尙志把她丟棄了，那她便不能生活下去也似的。她覺得她和柳遇秋一點兒共同點都沒有了，但是和李尙志……她覺得還有點什麼將她和李尙志連結着……

曼英天天盼望李尙志來，而李尙志總不見來，這眞眞有點苦惱着

她了。有時她輕輕地向阿蓮問道：

——你以爲李先生今天會不會來呢？

阿蓮的回答有時使她失望，當她聽見那小口不在意地說道：

——我不知道。

阿蓮的回答有時又使她希望，當她聽見那小口很確信地說道：

——李先生今天也許會來呢。他這樣久都沒來了。姐姐，他眞是一個好人呢！我很喜歡他。……

但是，李尙志總沒有見來。這是因爲什麽呢？曼英想起來了，他是在幹着危險的工作，說不定已經被捉去了……也許因爲勞苦過度，他得了病了……一想到此地，曼英一方面爲李尙志担心，一方面又不知爲什麽隱隱地生了抱愧的感覺：李尙志已經被捉住了，或者勞苦得病了，而她是這般地閒着無事，快活……於是她接着便覺得自己是太對

不起李尚志了。

最後，有一天，午後，她在寧波會館前面的原處徘徊着，希望李尚志經過此地，她終於能夠碰着他……但是出乎曼英的意料之外，她所碰見的不是李尚志，而是詩人周詩逸，那說是她的情人又不是她的情人，說是她的客人又不是她的客人，說是她的奴隸又不是她的奴隸的周詩逸。曼英已經很久沒有見到周詩逸了。這時的周詩逸頭上帶着一頂花邊緣的藍色呢帽，身上穿着一套黃紫色的呢西裝；那胸前的斜口袋中插着一條如彩花一樣的小帕，那香氣直透入曼英的鼻孔裏。他碰見了曼英，他的眼睛幾乎喜歡得合攏起來了。他是很思念着曼英的啊！曼英在他的眼中是一個很有詩意的女子！……

——呵呵，我的恨世女郎！上帝保佑，我今天總算碰見了你！我該好久都沒有見着你了！你現在有空嗎？

曼英明白了他的意思。但是曼英現在是在想着李尙志，沒有閒心思再與我們的這位漂亮詩人相周旋了。她搖一搖頭，表示沒有閒空。失望的神情卽時將詩人的面孔掩蓋住了。

——我今晚上在大東酒樓請客，我的朋友，都是一些藝術家，如果你能到場，那可是眞爲我生色不少了。你今天晚上一定要到場，我請求你！

周詩逸說着這話時，幾乎要在曼英面前跪下來的樣子。曼英動了好奇的心了：藝術家？倒要看看這一般藝術家是什麼東西……於是曼英答應了周詩逸。

已經是四點多鐘了，而李尙志的影子一點兒也沒有。曼英想道，大概是等不到了，便走到周詩逸所住着的地方——大東旅館裏……

周詩逸見着曼英到了，不禁喜形於色，宛如得着了一件寶物也似

的。這時一個人也沒有來，房間內只是曼英和着周詩逸。電燈光亮了。周詩逸把曼英仔細地端詳了一下，很同情地說道：

——許久不見，你消瘦了不少呢。我的恨世女郞，你不應太過於恨世了，須知人生如夢，爲歡幾何，古人秉燭夜遊，良有以也……

曼英坐着不動，只是瞪着兩眼看着他那生活安逸的模樣，一種有閒階級的神情……心中不禁暗自將周詩逸和李尙志比較一下：這兩者之間該有多末大的差別！雖然李尙志的服飾是那末地不雅觀，但是他的精神該要比這個所謂詩人的崇高得多少倍！世界上沒有了周詩逸，那將要有什麼損失呢？一點兒損失都不會有。但是世界上如果沒有了李尙志，那將要有什麼損失呢？那就是損失了一個忠實的爲人類解放而奮鬥的戰士！周逸詩不過是一個很漂亮的，中看不中吃的寄生蟲而已。

客人們漸漸地來齊了。無論誰個走進房間來，曼英都坐着不動，裝

着沒看見也似的。周詩逸一一地爲她介紹了：這是音樂家張先生，這是中國惡魔派的詩人曹先生，這是小說家李先生，這是畫家葉先生，這是批評家程先生，這是……這是……最後曼英不去聽他的介紹了，讓鬼把這些什麼詩人，什麼藝術家拿去！她的一顆心被李尚志所佔據住了，而這些什麼詩人，音樂家……在她的眼中，都不過是一些有閒階級的，生活安逸的，糊塗的寄生蟲而已。是的，讓鬼把他們拿去！……

——諸位，——曼英聽着周詩逸的歡欣的，甜蜜的，又略帶着一點矜持的聲音了。——我很愼重地向你們介紹，這是我的女友黃女士，她的別名叫着恨世女郎，你們只要一聽見這恨世女郎幾個字，便知道她是一個很風雅，很有心胸的女子了。……

——敬佩之至！

——不勝敬佩之至！

——密斯特周有這末樣的一個女友，眞是三生有幸了！

——……

曼英聽見了一片敬佩之聲……她不但不感覺着愉快，而且感覺着這一般人鄙俗得不堪，幾乎要爲之嘔吐起來。但是周詩逸見着大家連聲稱贊他的女友，不禁歡欣無似，更向曼英表示着殷勤。他不時走至曼英面前，問她要不要這，要不要那……曼英眞爲他所苦惱住了！唉，讓鬼把他和這一些藝術家拿去！

酒菜端上來了。大家就了坐。曼英左手邊坐着周詩逸，右手邊坐着一位所謂批評家的程先生。這位程先生已經有了鬍鬚，大約是快四十歲的人了。從他的那副黑架子的眼鏡裏，露出一隻大的和一隻似乎已經瞎了的眼睛來。他的話音是異常地低小，平靜，未開口而即笑，這

表明他是一個很知禮貌的紳士。

——密斯黃眞是女界中的傑出者，吾輩中的風雅人物。密斯特周屢屢爲我述及，實令我仰慕之至！……

還未來得及向批評家說話的時候，對面的年輕的惡魔派詩人便向曼英斟起酒來，笑着說道：

——我們應當先敬我們的女王一杯，才是道理！

——對，對，對！……

大家一致表示贊成。周詩逸很得意地向大家宣言道：

——我們的女王是很會唱歌的，我想她一定願意爲諸君唱一曲清歌，藉助酒興的。

——我們先飲了些酒之後，再請我們的女王唱罷。——在斜對面坐着的一位近視眼的畫家說，他拿起酒杯來，大有不能再等的樣子。

於是大家開始飲起酒來……

曼英的酒杯沒有動。

——難道密斯黃不飲酒嗎？——批評家很恭敬地問。

——不行，不行，我們的女王一定是要飲幾杯的！——大家接着說。

——請你們原諒，我是不方便飲酒的，飲了酒便會發酒瘋，那是很……

——飲飲飲，不要緊！反正大家都不是外人……

——如此，那我便要放肆了。

曼英說着，便飲乾了一杯。接着便痛飲起來。

——現在請我們的女王唱歌罷。——詩人首先提議。

——是，我們且聽密斯黃的一曲清歌，消魂眞個……

——那你就唱罷，——周詩逸對着曼英說。他已經有點酒意了，微瞇着眼睛。

曼英不再推辭，便立起身來了。

——如果有什麽聽得不入耳之處，還要請大家原諒。

——不必客氣。

——那個自然……

曼英一手扶着桌子，開始唱道：

『我本是名門的女兒，
生性兒却有點古怪，
有福兒不享也不愛，
偏偏跑上革命的浪頭來。

——你看，我們的女王原來是一個革命家呢。

——不要多說話，聽她唱。

『跑上革命的浪頭來，
到今日不幸失敗了歸來；
我不投降我也不悲哀，
我只想變一個巨彈兒將人類炸壞。

——這未免太激烈了。——周詩逸很高興地插着說。漫英不理他，仍繼續唱道：

『我只想變一個巨彈兒將人類炸壞，
那時將沒有什麼貧富的分開，
那時才見得眞正的痛快，
我告訴你們這一般酒囊飯袋。

——這將我們未免罵得太利害了。——詩人說。

——有什麼利害？你不是酒囊飯袋嗎？——畫家很不在意地笑着說。

『我告訴你們這一般酒囊飯袋，
你們全不知道天有多高地有多矮；
你們談什麼風月，說什麼天才，
其實你們俗惡得令人難耐。

大家聽曼英唱至此地，不禁相忽地你望望我，我望望你，十分地驚異而不安起來。

——我的恨世女郎！你罵得我們太難堪了，請你不必再唱將下去了……——周詩逸說。

但是曼英不理他，依舊往下唱道：

『其實你們俗惡得令人難耐，

你們不過是腐臭的軀壳兒存在；
我斟一杯酒洒下塵埃，洒下塵埃，
爲你們唱一曲追悼的歌兒。」

曼英唱至此地，忽然大聲地狂笑起來了。這弄得在座的藝術家們面面相覷，莫知所以。當他們還未來得及意識到是什麼一回事的時候，曼英已經狂笑着跑出門外去了。

呵，當曼英唱完了歌的時候，她覺得她該是多末地愉快，多末地得意！她將這些酒囊飯袋當面痛罵了一頓，這是使她多末得意的事呵！但是，當她想起李尙志來，她又覺得這些人們是多末地渺小，多末地俗惡，同時又是多末地無知得可憐！……

曼英等不及電梯，便匆忙地沿着水門汀所砌成的梯子跑將下來了。在梯上她衝撞了許多人，然而她因爲急於要離開爲她所憎恨的這

座房屋，便連一句告罪的話都不說。她跑着，笑着，不知者或以為她得了什麽神經病。

——你！

忽然有一隻手將她的袖口抓住了。曼英不禁驚怔了一下，不知遇着了什麽事。她卽時扭頭一看，見着了一個神情很興奮的面孔，這不是別人，這是曼英所說的將自己的靈魂賣掉了的那人……

曼英在驚怔之餘，向着柳遇秋瞪着眼睛，一時地說不出話來。

——我找了你這許多時候，可是總找不到你的一點影兒……——

曼英聽見柳遇秋的顫動的話音了。在他的神情興奮的面孔上，曼英斷定不出他見着了自己，到底是懷着怎樣的心情：是忿怒還是歡欣，是得意還是失望……曼英放着很鎮靜的，冷淡的態度，輕聲問道：

你找我幹什麽呢？有什麽事情嗎？

柳遇秋將頭低下了，很悲哀地說道：

——曼英，我料不到你現在變成了這樣……

——不是我變了，——曼英冷笑了一下，說道，——而是你變了。遇秋，你自己變了。你變得太利害了，你自己知道嗎？

——我們上樓去談一談好不好？——柳遇秋抬起頭來向她這樣問着說。他的眼睛已經沒有了先前的光芒，他的先前的那般煥發的英氣已經完全消失了。他現在雖然穿着一套很漂亮的西裝，雖然他的領帶是那般地鮮豔，然而曼英覺得，立在她的面前的只是一個無靈魂的軀殼而已，而不是她當年所愛過的柳遇秋了。

曼英望着他的領帶，沒有即刻回答柳遇秋，去呢還是不去。

——曼英，我請求你！我們再談一談……

——談一談未始不可，不過我想，我們現在無論如何是談不明白

的。

——無論如何要談一談！

……柳遇秋將曼英引進去的那個房間，恰好就是周詩逸的房間的隔壁。曼英走進房間，向那靠窗的一張沙發坐下之後，向房間用目環視了一下，見着那靠床的一張桌子上已經放着了許多酒瓶和水菓之類，不禁暗自想道：

『難怪他要做官，你看他現在多末揮霍呵，多末有錢呵……』

從隔壁的房間內不大清楚地傳來了嘻笑，鼓掌，哄鬧的聲音。曼英尖着耳朵一聽，聽見幾句破碎不全的話語：『天才……詩人……近代的女子……印象派的畫……月宮跳舞場……』眼見得這一般藝術家的興致，還未被曼英嘲罵下去，仍是在熱烈地奔放着。這使着曼英覺得自己有點羞辱起來：怎麼！他們還是這樣地快活嗎？他們竟不把她

的嘲駡當做一囘事嗎？唉，這一般猪玀，不知死活的猪玀！……

柳遇秋忙着整理房間的秩序。曼英向他的背影望着，心中暗自想道：『你和他們是一類的人呵，你爲什麽不去和他們開心，而要和我糾纏呢？……』

——你要吃橘子嗎？——柳遇秋轉過臉來，手中拿着一個金黃的橘子，向曼英殷勤地說道：——這是美國貨，這是花旗橘子。

曼英不注意他所說的話。放着很嚴重的聲音，向柳遇秋問道：

——你要和我談些什麽呢？你說呀！——曼英這時忽然起了一種思想：『李尚志莫不要在我的家裏等我呢……我應當趕快囘去才是！……』——我還有事情，坐不久，就要去的……你說呀！

柳遇秋的面容一瞬間又沉鬱下來了。他低着頭，走至曼英的旁邊坐下，手動了一動，似乎要拿曼英的手，或者要擁抱她……但他終沒有

勇氣這樣做。沉默了一會，他放着很可憐的聲音說道：

——曼英，我們就此完了嗎？

——完了，永遠地完了。——曼英冷冷地回答他。

——你完全不念一念我們過去的情分嗎？

——過秋，別要提起我們的過去罷，那是久已沒有了的事情。現在我們既然是兩樣人了，何必再提起那過去的事情？過去的永遠是過去了……

——不，那還是可以挽回的。

——你說挽回嗎？——曼英笑起來了。——那你就未免太發痴了。

李尚志的面孔又在曼英的腦海中湧現出來。她覺得李尚志現在一定在她的家裏等候她，她一定要回去……她看一看手表，已是八點

鐘了。她有點慌忙起來，忽然立起身來預備就走出房門去。柳遇秋一把把她拉住，向她跪下來哀求着說道：

——曼英，你答應我罷，你爲什麼要這樣鄙棄我呢？……我並不是一個很壞很壞的人呵，曼英！……

——是的，你不是一個很壞很壞的人，有的人比你更壞，但是這對於我又有什麼關係呢？放開我罷，我還有事情……

柳遇秋死拉着她不放，開始哭起來了。他苦苦地哀求她……他說，如果她答應他，那他便什麼事都可以做，就是不做官也可以……但是他的哭求，不但沒有打動曼英的心，而且增加了曼英對於他的鄙棄。曼英最後向他冷冷地說道：

——遇秋，已經遲了！遲了！請你放開我罷，別要就誤我的事情！

李尙志的面孔更加在曼英的腦海中湧現着了。柳遇秋仍拉着她的

手不放。曼英，忽然，也不知從什麼地方來了這末許多力量，將自己的手掙脫開了，將柳遇秋推倒在地板上，很迅速地跑出房門，不料就在這個當兒，周詩逸也走出房間來，恰好與曼英撞個滿懷。曼英抬頭一看，見是周詩逸立在她的面前，便不等到周詩逸來得及驚詫的時候，給了他一個耳光，拼命地順着樓梯跑下來了。

坐上了黃包車……喘着氣……一切什麼對於她都不存在了，她只希望很快地回到家裏。她疑惑她自己是在演電影，不然的話，今天的事情爲什麼是這般地湊巧，爲什麼是這般地奇異！……

她剛一走進自己的亭子間裏，阿蓮迎將上來，便突兀地說道：

——你眞是！你到什麼地方去了？天天老說李先生不來不來，今晚他來了，你又不在家裏！

聽了阿蓮的話，曼英如受了死刑的判決一般，睜着兩隻眼睛，呆

呆地立着不動。經過了兩三分鐘的光景，她如夢醒了也似的，把阿蓮的手拉住問道：

——他說了些什麼話嗎？

——他問我你每天晚上到什麼地方去……

——你怎樣囘答他呢？——曼英匆促地問阿蓮，生怕她說出一些別的話。

——我說，你每晚到夜學校裏去敎書。

曼英放下心了。

——他還說了些什麼話嗎？

——他又問起我的爸爸和媽媽的事情。

——還有呢？

——他又留下一張字條，——阿蓮指着書桌子說道，——你看，

那上邊放着的不是嗎？

曼英連忙放鬧阿蓮的手，走至書桌子跟前，將那字條拿到手裏一看，原來那上邊並沒有寫着別的，只是一個簡單的地址而已。曼英的一顆心歡欣得顫動起來，正待要問阿蓮的話的當兒，忽聽見阿蓮說道：

——李先生告訴我，他說，請你將這紙條看後就撕去……他還說，後天上午他有空，如果你願意去看他，你可以在那個時候去……

——呵呵……

曼英聽見阿蓮的這話，更加歡欣起來了。她想道，李尙志還信任她，告訴了她自己的地址……她後天就可以見着他，就可以和他談話……但是她爲什麽一定要見着李尙志呢？爲什麽她要和他談話呢？她將和他談些什麽呢？……關於這一層，曼英並沒有想到。她只感覺着那見面，

那談話，不是和柳遇秋，不是和錢培生，不是和周詩逸的談話，而是和李尚志的談話，是使她很歡欣的事。

——阿蓮，李先生還穿着先前的衣服嗎？

——不是，他今天穿着的是一件黑布長衫，很不好看。

——阿蓮，他的面容還像先前一樣嗎？沒有瘦嗎？

——似乎瘦了一些。

——他還是很有精神的樣子嗎？

——是的，他還是像先前一樣地有精神。姐姐，你是不是……很，很喜歡李先生？……

——嚇，小姑娘家別要胡說！

阿蓮的兩個圓圓的小笑窩，又在曼英的眼前顯露出來了。她拉住曼英的手，有點忸怩的神氣，向曼英笑着說道：

——姐姐，我明白……李先生眞是一個好人呵！他今天又致我寫了許多字……

阿蓮的天眞的，毫無私意的話語，很深刻地印在曼英的心裏。『李先生眞是一個好人呵！……』阿蓮已經給了李尙志一個判決了。李尙志在阿蓮的面前，也將不會有什麼羞愧的感覺，因爲他的確是可以領受阿蓮的這個判決的。他是在爲着無數無數的阿蓮做事情，與其說他爲阿蓮復仇，不如說他爲阿蓮開闢着新生活的路……但是，她，曼英，爲阿蓮到底做着什麼事情呢？她時常向着阿蓮的兩個圓圓的小笑窩出神，但是這並不能證明她是在爲着阿蓮做事情……如果李尙志是一個眞正的好人，如阿蓮所想的一樣，那末她，曼英，到底是一個什麼人呢？……

曼英覺得自己是漸漸地渺小了。……如果她適才罵了周詩逸，罵

了柳遇秋，那麽現在便要受着李尚志的罵。『呵，如果李尚志知道我現在做着什麼事情！……』曼英想到此地，一顆心不禁驚顫起來了。

九

曼英走進一條陰寂的，陳舊的衖堂裏。她按着門牌的號數尋找，最後她尋找到爲她所需要的號數了。油漆褪落了的門扉上，貼着一張灰白的紙條，上面寫着『請走後門』四個字。曼英遂轉到後門去。有一個四十幾歲的，頭髮蓬鬆着的婦人，正在彎着腰哐郎哐郎地洗刷馬桶。曼英不知道她是房東太太抑是房東的女僕，所以不好稱呼她。

——請問你一聲，——曼英立在那婦人的側面，微笑着，很客氣地向她問道，——你們家裏的前樓上，是不是住着一位李先生？

那洗刷馬桶的婦人始而懶洋洋地抬起頭來，等到她看見了曼英的模樣，好像有點驚異起來。她的神情似乎在說着，這樣漂亮的小姐怎

麼會於大清早起就來找李先生呢？這是李先生的什麼人呢？難道說衣服整脚的李先生會有這樣高貴的女朋友嗎？……

她只將兩個尚未洗過的睡眼向曼英瞪着，不即時回答曼英的問題。後來她用洗刷馬桶的那隻手揉一揉眼睛，半晌方才說道：

——李先生？你問的是哪個李先生？是李……

那婦人生怕曼英尋錯了號數。她以爲這位小姐所要找着的李先生，大概是别一個人，而不會是住在她家裏的前樓上的李先生……曼英不等她說下去，即刻很確定地說道：

——我問的就是你們前樓上住着的李先生，她在家裏嗎？

——呵呵，在家裏，在家裏，——那婦人連忙點頭說道，——請你自己上樓去看看罷，也許還沒有起來。

曼英走上樓梯了。到了李尚志房間的門口。忽然一種思想飛到她

的腦海裏來，使她停住了脚步，不即刻就動手敲叩李尙志的房門。『他是一個人住着，還是兩個人住着呢？也許……』於是那個女學生，爲她在寧波會館前面所看見的那個與李尙志並排行走着的女學生，在她的眼簾前顯現出來了。一種妬意從她的內心裏一個什麼角落裏湧激出來，一至於湧激得她感到一種最難堪的失望。她想道，也許他倆正在並着頭睡着，也許他們倆正在並做着一種什麼甜蜜的夢……而她，曼英，孤另另地在他們的房門外站着，如被風雨所摧殘過的一根木椿一樣，誰個也不需要，誰個也不會給她以安慰和甜蜜……

她又想道：爲什麼她要來看李尙志呢？她所需要於李尙志的到底是些什麼呢？她和李尙志已經走着兩條路了，現在她和李尙志已經沒有了什麼共同點，爲什麼李尙志老是吸引着她呢？今天她是爲愛李尙志而來的嗎？但是李尙志原是她從前所不愛的人呵……如果說她不愛

他，那她現在又爲什麼對於那個爲她所見過的女學生，也許就是現在和李尙志並頭睡着的女子，起了一種妬意呢？……曼英想來想去，終不能得到一個自解。忽然，出乎曼英的意料之外，那房門不用敲叩而自開了。在她面前立着的不是別人，正是她今天所要來看見的李尙志。李尙志的歡欣的表情，卽刻將曼英的思想驅逐掉了。曼英覺着那表情除開同志的關係外，似乎還含着一種別的，爲曼英所需要的……她也就因之歡欣起來了。

她很迅速地將李尙志的房間用眼巡視了一下，只看見一張木架子床，一張長方形的桌子，那上面又擺着一堆書籍，又放着茶壺和臉盆……她所擬想着的那個女學生，一點兒影子也沒有。『他還是一個人住着呵！……』她不禁很歡欣地這樣想着，一種失望的心情完全離她而消逝了。

曼英向李尙志的床上坐下了。房間中連一張椅子都沒有。李尙志笑吟吟地立着，似乎不知道向曼英說什麼話爲好。那種表情爲曼英所從沒看見過。她想叫他坐下，然而沒有別的椅子。如果他要坐下，那他便不得不和曼英並排地坐下了。曼英有點不好意思，然而她終於說道：

——請你也坐下罷，那站着是怪不方便的。

——不要緊，我是站慣了的。——李尙志也有點難爲情的樣子，將手擺着說道，——請你不要客氣。你吃過早飯了嗎？我去買幾根油條來好不好？

——不，我已經吃過早飯了。請你也坐下罷，我們又不是生人……

李尙志勉強地坐下了。將眼向着窗外望着，微笑着老不說話。曼

英想說話，她原有很多的話要說呵，但是也不知道從何說起。忽然她看見了那張書桌子上面擺着一個小小的像片架，坐在床上，她看不淸楚那像片是什麽人的，於是她便立起身來，走向書桌子，伸手將那張像片拿到手裏看一看到底是誰。她卽刻驚異起來了：那像片雖然已經有了一點糢糊，然而她還認得淸楚，這不是別人，却正是她自己！她覺得這是很奇怪的事情了。她從來沒有贈過像片與任何人，更沒贈與過李尙志，這張像片到底是從哪裏來的呢？而且，她又想道，李尙志將她的像片這樣寶貴着幹什麽呢？政局是劇烈地變了，人事已與從前大不相同了，而李尙志却還將曼英的像片擺在自己的書桌上……

——曼英，你很奇怪罷，是不是？——李尙志笑着問，他的臉有點泛起紅來了。

曼英回過臉來向李尙志望着，靜等着他繼續說將下去。

——你還記得我們在留園踏青的事嗎？——李倘志繼續紅着臉說道，——那時我們不是在一塊兒攝過影嗎？那一張合照是很大的，我將你的像片從那上面剪將下來，至今還留着，這就是……

——眞的嗎？——曼英很驚喜地問道，——你眞這樣地將我記在心裏嗎？呵，倘志，我是多末地感激你呵！

曼英說着說着，幾乎流出感激的淚來。她將坐在床上的李倘志的手握起來了。兩眼射着深沉的感激的光芒，她繼續說道：

——倘志，我是多末地感激你呵！尤其是在現在，尤其是在現在……

曼英放開李倘志的手，向床上坐下，簌簌地流起淚來了。

——曼英，你爲什麼傷起心來了呢？——李倘志輕輕地問她。

——不，倘志，我現在並不傷心，我現在是在快樂呵！……

說着說着，她的淚更加流得湧激了。李尙志很同情地望着她，然而他找不出安慰她的話來。後來，經過了五六分鐘的沉默，李尙志開口說道：

——曼英，我老沒有機會問你，你近來在上海到底做着什麽事情呢？阿蓮對我說，你在一個什麽夜學校裏教書，眞的嗎？

曼英驚怔了一下。這問題卽刻將她推到困難的深淵裏去了。她近來在上海到底做着什麽事情呢？……據她自己想，她是在利用着自己的肉體向敵人報復，是走向將全人類破滅的路……她依舊是向黑暗反抗，然而不相信先前的方法了……她變成一個激烈的虛無主義者了。但是現在如果曼英直爽地將自己的行爲告訴了李尙志，那李尙志對於她的判斷，是不是如她的所想呢？那李尙志是不是卽刻就要將她這樣墮落的女子驅逐出房門去？那李尙志是不是卽刻要將那張保存到現在

的曼英的像片撕得粉碎？……曼英想到此地，不禁大大地戰慄了一下。不，她不能告訴他關於自己的眞相，自己的思想！一切什麼都可以，只要李尙志不將她驅逐出房門去！只要他不將她的像片撕得粉碎！……

——是的。不過我近來的思想……——她本不願意提到思想的問題上去，但是她却不由自主地說出來思想兩個字。

——你近來的思想到底怎樣？——李尙志逼視着曼英，這樣急促地問。

話頭已經提起來了，便很難重新收回去。曼英只得照實地說了。

——我的思想已經和先前不同了。尙志，你聽見這話，或者要罵我，指責我，但是這是事實，又有什麼方法想呢？

李尙志睜着兩隻眼睛，靜等着曼英說將下去。曼英將頭低下來了。

停了一會，她又輕輕地開始說道：

——尚志，你是知道我的性格的。我說我的思想已經和先前的不同了，這並不是說我向敵人投了降，或是什麼……對於革命的背叛。不，這一點都不是的。我是不會投降的！不過自從……失敗之後……我對於我們的事業懷疑起來了：照這樣幹將下去，是不是可以達到目的呢？是不是徒然地空勞呢？……我想來想去，下了一個決定：與其改造這世界，不如破毀這世界，與其振興這人類，不如消滅這人類。尚志，你明白這種思想嗎？……現在我什麼希望都沒有了。如果說我還有什麼希望的話，那只是我希望着能夠多殉幾個敵人報復一下。我不能將他們推翻，然而我卻能零碎地向他們中間的分子報復……這就是我所能做得到的事情。尚志，這一種思想也許是不對的，但是我現在卻不得不懷着這種思想……

曼英停住了。靜等着李尙志的裁判。李尙志依舊逼視着她，一點兒也不聲響。過了一會，他忽然握起曼英的手來，很興奮地說道：

——曼英，曼英！你現在，你現在爲什麼有了這種思想呢？這是不對的，這是不對的啊！

——但是你的也未必就是對的啊。——曼英插着說。

——不，我的思想當然是對的。除開繼續走着奮鬥的路，還有什麼出路呢？你所說的話我簡直有許多不明白！你說什麼破毀世界，消滅人類，我看你怎樣去破毀，去消滅……這簡直是一點兒根據都沒有的空想！曼英，你知道這是沒有根據的空想嗎？

曼英有點驚異起來：李尙志先前原是不會說話的，現在却這樣地口如懸河了。她又聽着李尙志繼續說道：

——不錯，自從……失敗之後，一般意志薄弱一點的，都灰了

心，失了望……就我所知道的也有很多。但是曼英你，你是不應當失望的呵！我知道你是一個很熱烈的理想主義者，恨不得即刻將舊世界都推翻……失敗了，你的精神當然要受着很大的打擊，你的心靈當然是很痛苦的，我又何嘗不是呢？不過，我們决不能因暫時的失敗就失了望……

——你以爲還有希望嗎？——曼英問。

——爲什麽沒有希望呢？歷史命定我們是有希望的。我們雖然受了暫時的挫折，但是最後的勝利終歸是我們的。只有搖蕩不定的階級才會失望，才會悲觀，但是我們……肩着歷史的使命，是不會失望，不會悲觀的。我們之中的零個分子可以死亡，但是我們的偉大的集體是不會死亡的，牠一定會強固地生存着……曼英，你明白嗎？曼英，你現在脫離羣衆了……你成了孤零零的一個人，你失去了集體的生

活，所以你會失望起來……如果你能時常和羣衆接近，以他們的生活爲生活，那我包管你的感覺又是別一樣了。曼英，他們並沒有失望呵！他們希望着生活，所以還要繼續着奮鬥，一直到最後的勝利……革命的階級，偉大的集體，所走着的路是生路，而不是死路……

李尙志沉吟了一回，又繼續說道：

——曼英，你的思想一點兒根據都沒有，這不過表明你，一個浪漫的知識階級者的幻滅……不錯，我知道你的這種幻滅的哲學，比一般落了伍的革命黨人要深得多，但是這依舊是幻滅。你在戰場上失敗了歸來，走至南京路上，看見那些大腹賈，荷花公子，鮑斐治服的少奶奶……他們的臉上好像充滿着得意的勝利的微笑，好像故意地在你的面前示威，你當然會要起一種思想，頂好有一個炸彈將這個世界炸破，橫豎大家都不能快活……可不是嗎？但是在別一方面，曼英，你

要知道；羣衆的革命的浪潮還是在奔流着，不是今天，就是明天，遲早總會在這些寄生蟲的面前高歌着勝利的！

——尙志，——曼英抬起頭來，向李尙志說道，——也許是如你所說的這樣，但是我……總覺得這是一種幻想罷了。

——不，這並不是幻想，這是一種事實。曼英，你是離開羣衆太遠了，你感受不到他們的生活，他們的情緒。他們只要求着生活，只有堅决的奮鬥才是他們的出路，天天在艱苦的熱烈的奮鬥中，哪裏會有工夫像你這般地空想呢？你的這種哲學是爲他們所不能明白的，你知道嗎？我請你好好地想一想！我很希望那過去的充滿着希望的曼英再復生起來……

——尙志，我感謝你的好意！不過我的心靈受傷得太利害了，那過去的曼英……尙志！恐怕永遠是不會復生的了！……

曼英說着，帶着一點哭音，眼看那潮濕的眼睛卽刻要流出淚來；李尚志見着她這種情形，不禁將頭低下了，深長地嘆了一口氣。

——不，那過去的曼英是一定可以復生的！我不相信……

李尚志還未將話說完，忽然聽見樓梯蹬蹬地響了起來，好像有什麼意外的事故也似的……他的面色有點驚慌起來，然而他還依舊把持着鎭靜的態度。接着他便又聽見了敲門的聲音。他立起身來，走至房門背後很平靜地問道：

——誰個？

——是我！

李尚志聽出來那是李士毅的聲音。他將房門開開來了。李士毅帶着笑走了進來。曼英見着他的神情還是如先前一樣，——先前他總是無事笑，從沒憂愁過，無論他遇着了怎樣的困苦，可是他的態度總表

現着『不在乎』的樣子，一句軟弱的話也不說。曼英想道，現在他大概還是那種樣子……

——啊哈！我看見了誰個喲！原來是我們的女英雄！久違了！

李士毅說着說着，便走向前來和曼英握手，他的這一種高興的神情即時將曼英的傷感都驅逐掉了。

——你今天上樓時為什麽跑得這樣地響？你不能輕一點嗎？

李尚志向李士毅這樣責問着說。李士毅轉過臉來向他笑道：

——我因為有一件好消息報告你，所以我歡喜得忘了形……

——有什麽好的消息？——李尚志問。

——永安紗廠的……又組織起來了……

李尚志沒有說什麽話，他立着不動，好像想着什麽也似的。李士毅毫不客氣地和曼英並排坐下了，向她伸着頭，笑着說道：

——我們好久不見了。我以爲你已經做了太太，嫁了一個什麼委員，資本家，不料今天在這裏又碰到了你。你現在幹些什麼？好嗎？我應當謝謝你，你救濟了我一下，給了五塊錢……你看，這一條黑布褲子就是你的錢買的呵。謝謝你，我的女英雄，我的女……女什麼呢？女恩人……

——你爲什麼還是先前那樣地調皮呢？你總是這樣地高興着，你到底高興一些什麼呢？——曼英笑着問。

——你這人眞是！不高興，難道哭不成嗎？高興的事情固然要高興，不高興的事情也要高興，這樣才不會吃不下去飯呢。我看見有些人一遇見了一點失敗，便垂頭喪氣，憂悶或失望起來……老實說一句話，我看不起這些先生們！這樣還能幹大玩意兒嗎？

曼英聽了這話，不禁紅了臉，暗自想道：『他是在當面罵我呢。

我是不是這樣的人呢？我該不該受他的駡？……』她想反駁他幾句，然而她找不出話來說。

——我告訴你，——李士毅仍繼續說道，——我們應當硬得如鐵一樣，我們應當高興得如春天的林中的小鳥一樣，不如此，那我們便只有死，什麽事情都幹不了！

——你現在到底幹着些什麽事情呢？——曼英插着問他。

——最大的頭銜是糞夫總司令，你聞着我的身上臭嗎？

——什麽叫着糞夫總司令？——曼英笑起來了。——這是誰個任命你的呢？

——你不明白嗎？我在糞夫公會裏做事情……你別要瞧不起我，我能叫你們小姐們的繡房裏臭得不亦樂乎，馬桶裏的糞會漫到你們的梳裝檯上。哈哈哈！……

李士毅很得意地笑起來了。李尚志這時靠着窗沿，向外望着，似乎不注意李士毅和曼英的談話。曼英望着他的背影，心中暗自想道：『他們都有偉大的特性：李尚志具着的是偉大的忍耐性，而李士毅具着的是偉大的樂觀性，這就是使他們不失望，不悲觀，一直走向前去的力量。但是我呢？我所具着的是什麼性呢？』曼英想至此地，不禁生了一種鄙棄自己的心了。她覺得她在他們兩人之中立着，是怎樣地渺小而不相稱……

——呶，你的愛人呢？——李士毅笑着問。

——你不要瞎說！——曼英覺得自己的臉紅了。她想着柳遇秋，然而她的眼睛却射着李尚志。——誰是我的愛人？現在誰個也不愛我，我誰個也不愛。

李尚志將臉轉過來，瞟了曼英一眼，又重新轉過去了。曼英深深地

感受到了他的眼光，他的眼光射到了她的心靈深處，似乎硬要逼着她向自己喑自說道：

——你別要扯謊呵！你不是在愛着這個人嗎？這個靠着窗口立着的人嗎？……

李士毅，討厭的李士毅（這時曼英覺得他是很討厭的，不知趣的人了。），又追問了一句：

——柳遇秋呢？

——什麽柳遇秋不柳遇秋？我們之間一點兒關係都沒有了。從前的事情，那不過是一種錯誤……

李尙志又回過頭來瞟了曼英一眼。那眼光又好像硬逼着曼英承認着說：

——我從前不接受你的愛，那也是一種錯誤呵！……

——哈哈！你眞是傻瓜！——曼英忽然聽見李士毅笑起來了。他似眞似假地這樣說道，——爲什麼不去做官太太呢？你們女子頂好去做太太，少奶奶，而革命讓我們來幹……你們是不合式的呵！……曼英，我還是勸你去做官太太，少奶奶，或是資本家的老婆罷！坐汽車，吃大菜……

曼英不待他將話說完，便帶點憤慨的神氣，嚴肅地說道：

——士毅，你爲什麼這樣輕視我們女子呢？老實說，你這種思想還是封建社會的思想，把女子不當人……你說，女子有哪一點不如你們男子呢？你這些話太侮辱我了！

——我的女英雄，你別要生氣，做一個官太太也不是很壞的事……

李尙志轉過臉來，向着李士毅說道：

——你別要再瞎說八道罷！你這是什麼思想？一個眞正的……決不會有你這種思想的！

曼英聽見李尙志的話，起了無限的感激，想卽刻跑到他的面前，將他的頸子抱着，親親地吻他幾吻。她的自尊心因爲得着了李尙志的援助，又更加強烈起來了。難道她曼英不是一個有作爲的女子嗎？不是一個意志很堅強，思想很澈底的女子嗎？女子是不弱於男子的，無論在那一方面……

但是，當她一想起『我現在做些什麼事情呢？……』她又有點不自信起來了。她意識到她沒有如李士毅的那種偉大的樂觀性，李尙志的那種偉大的忍耐性。如果沒有這兩種特性，那她是不能和他們倆並立在一起的。『我應當怎樣生活下去呢？我應當怎樣做呢？做些什麼呢？……我應當再好好地想一想！』最後她是這樣地決定了。

李士毅說，他要到糞夫總司令部辦公去，不能久坐了。他告辭走了。房間內仍舊剩下來曼英和李尚志兩個人。

一時的寂靜。

兩人似乎都有許多話要說，尤其是曼英。但是說什麼話好呢？曼英又將眼光轉射到那桌上的一張像片了。在那像片上也不知李尚志傾注了多少深情，看了多少眼睛，也許他親了無數的吻……忽然曼英感受到那深情是多末地深，那眼睛是多末地晶明，那吻又是多末地熱烈。她的一顆心顫動起來了。她覺得她現在正需要着這些……她渴求着李尚志的擁抱，李尚志的嘴唇……這擁抱，這嘴唇，將和柳遇秋的以及其餘的所謂『客人』的都不一樣。

『但是我有資格需要着他的愛情嗎？曼英忽然很失望地想道，『我的身體已被許多人所汚壞了，我的嘴唇已被許多人所吻臭了……

不，我沒有資格再需要他的愛情了。已經遲了，遲了！……」想至此地，她不由自主地又流起淚來。

曼英，你爲什麼又傷起心來了呢？——坐在她的旁邊，沈默着很久的李尙志，又握起她的手來問道，——我覺着你的性情太不像從前了……

曼英聽了他的話，更加哭得利害。她完全爲失望所包圍住了。她覺得她的生活只是黑暗而已，雖然她看見了李尙志，就彷彿看見了光明一樣，然而對於她，曼英，這光明已經是永遠得不到的了。

曼英覺得李尙志漸漸將她的手握得緊起來。如果她願意，那她卽刻便可以接受李尙志的愛，傾伏在李尙志的懷裏……但是曼英覺得自己太不潔了，與其說她不敢，不如說她不願意……

——曼英，你應當……——李尙志沒有說出自己的意思，曼英忽

然立起身來，流着淚向李尙志說道：

——尙志，我要走了。讓我回去好好地想一想罷！我覺着我現在的思想和感覺太混亂了，連我自己也說不淸楚是什麽一回事……

十

在先施公司門口下了電車之後，曼英不知再做些什麽：回家去呢，還是……？來往的人們擁擠着，在這種人堆的中間，曼英覺着自己爲誰也不需要，只是一個孤另另的，被忘却的廢人而已。同時在他們的面孔上，曼英覺察出對於自己的譏笑，對於自己的示威，好像她，曼英，在衆人面前，很羞辱地被踐踏着，爲任何人所不齒也似的。她憤慨了，想卽刻把他們消滅下去，但是在別一方面，她未免又苦痛地失望起來，她意識到她沒有這般的能力……

適才別了李尚志，曼英向他說，她的思想和感覺太混亂了，她應當回家後好好地想一想……可是現在在這先施公司的門口，她的思想和

感覺混亂得更甚。她覺着她的腦殼快要爆裂了，她的心快要破碎了，這就是說，她已經到了末日，快要在人海裏消沉下去。她開始羨慕李尙志和李士毅的生活是那樣地充實，他們的的確確是在生活着；而她，曼英，難道說是在生活着嗎？她的內裏不過是一團空虛而已。在未和李尙志談話以前，曼英還感覺着自己始終是一個戰士，但是在和李尙志談話以後，不知爲什麼她消失了這種信心了。在別一方面，這種信心對於曼英是必要的，如果這種信心沒有了，這是說，曼英失了生活的根據。她爲什麼還生活在世界上呢？……曼英想回答這個問題，然而她現在却沒有一個確定的回答了。

曼英呆立着不動，兩眼無目的地望着街道中電車和汽車的來往。然而人衆如浪潮一般，不由她自主地，將她湧進先施公司店房裏面去了。她在第一層樓踱了一回，又跑上第二層樓去。她看看這個，看看

那個，不懷着任何的目的。買貨物的人大半都是少奶奶，小姐和太太，藍的，紅的，黃的……各式各種的衣服的顏色，只在她的眼簾前亂繞，最後飛旋成了一片，對於她都形成一樣的花色了。忽然一種說話的聲音傳到她的耳膜裏，她不禁因之驚怔的一下。那聲音是很熟的呵，然而她一時記不起來那聲音到底是誰的。她轉過臉來向那說話的方向望去：那是賣綢緞的地方，兩個女子正在那裏和店員說着些什麼；她們是背朝着曼英的，所以曼英看不清楚她們是誰。一個是老太婆的模樣，另一個却是少奶奶的打扮，她穿着花緞的旗袍，脚下穿着一雙花邊的高跟皮鞋。她看來是一個矮胖的女人……曼英忽然想道，『這難道說是……是楊坤秀嗎？或者就是她罷……』曼英想着想着，便向那兩個女子走去。曼英也裝着買貨的模樣，和那個少奶奶裝束的矮胖的女子並起肩來。那女子向曼英望了一眼，曼英即刻就認出來了，

這不是別人，這正是楊坤秀！雖然她現在比從前時髦得多了，臉上擦了很濃的脂粉……

——呵，你，曼英嗎！——楊坤秀先開口這樣驚訝地說。她見着了曼英，似乎很歡欣，大有「舊雨重逢」之概。然而什麼時候曾是一個非常熱情的曼英，現在却向楊坤秀答以冷靜的微笑而已。

——坤秀，你變得這樣時髦，我簡直認不出來了呢。你已經結了婚嗎？

楊坤秀聽了曼英的話，不禁將臉紅了一下，然而那與其說是由於羞赧，不如說是由於幸福的滿意。

——是的，——楊坤秀微笑着說道，——我已經結了婚了。難道說你……你還沒有嗎？柳遇秋呢？你還沒有和他同居嗎？

——你的愛人姓什麼？他現在做什麼事情？請你告訴我。——曼

英不回答楊坤秀的問題，反故意地笑着這樣向她發問。

——他……——楊坤秀的臉更加紅起來，很忸怩地說道：——張易平你知道嗎？恐怕你是知道的。他現在是第三師的軍需處長……

——原來你已經做起官太太了，——曼英握起來楊坤秀的手搖着說道，——恭喜！恭喜！住在上海嗎？

——曼英，你別要這樣打趣我！我們已經很久沒有見面了呢！你現在好嗎？我住在法租界，不大遠，到我的家裏玩玩好不好？

——你現在什麼都不管了嗎？——曼英一壁看着楊坤秀的豐滿的面龐，一壁暗自想道，她眞是一個官太太的像呢……楊坤秀很平靜地笑着回答道：

——難道你還管嗎？那些事情，什麼革命，什麼……那不是我們的事情啊。我們女子還是守我們的女子本分的好。

——坤秀，你到底要不要還花緞呢？——一直到現在緘默着不說話的老太婆說。看她的模樣也許是坤秀的婆婆，也許是……曼英還未來得及斷定那個老太婆是坤秀的什麽人的時候，坤秀又向曼英逼着問道：

——請你說，你到底願意不願意到我的家裏去呢？我住在貝勒路底……

曼英一時間曾想到楊坤秀的家裏去看一看。楊坤秀本來是曼英的從前的好友呵，現在曼英不應忘却那親密的情誼……但是她轉而一想，那是沒有再和楊坤秀周旋的必要了：如果因爲柳遇秋做了官，曼英便和他斷絕了愛人的關係，那末楊坤秀現在做了官太太了，曼英又何能不和她斷絕朋友的關係呢？已經走上兩條路了，那便沒有會合的時候……

——好，有空我就來看你罷，現在我還有一個地方要去一去。

曼英與楊坤秀握別了之後，便走出先施公司的門口。人們還是照常地湧流着，街心中的汽車和電車還是照常地飛跑着……曼英現在簡直不明白發生了一回什麼事。楊坤秀，從前曾爲曼英所親愛過的楊坤秀，現在竟這樣地俗化了，她很自足地做了官太太……這究竟是一回什麼事呢？柳遇秋做了官，將自己的靈魂賣了。現在這個楊坤秀，什麼時候曾和曼英一塊兒幻想着偉大的事業的楊坤秀，更要糟糕一些，她連自己的靈魂和肉體統統都賣掉了……她的面容是那樣地滿足而愉快！難道說他們是對的，而曼英是傻瓜嗎？天曉得！……

在別一方面，李尚志說曼英走錯了路，說她沈入了小資產階級的幻滅……天哪！到底誰個對呢？曼英的思想和感覺不禁更形混亂起來了。頭部忽然疼痛起來，臉孔變得如火燒着一般。她覺着她自己是病

了。

踏進了亭子間。阿蓮照常地笑着迎將上來。她的兩個圓滴滴的小笑窩又在曼英的眼前顯露着了。曼英向她出了一會神……忽然倒在床上，伏着枕痛哭起來了。傷心的痛哭刺激得阿蓮也難過起來。她於是也陪着曼英痛哭起來了。

——阿蓮，我要死了……

——姐姐呵，你不能死……你死了我怎麽好呢？……

——我的妹妹，不要緊，我死了之後，李先生一定是可以照顧你的。

——姐姐，你不能死呵，好好地為什麽要死呢？……

曼英眞個病了。第二天沒有起床。渾身發熱，如被火蒸着一般。有時頭昏起來，她竟失了知覺。可憐的小阿蓮坐守着她，有時用小手

撫摩着曼英的頭髮。

在清醒的時候，曼英很想李尙志走來看她，她想，他的溫情或者能減輕自己的病症……但是她又轉而想道，需要李尙志的溫情幹什麼呢？她應當死去，孤獨地死去，什麼都不再需要了。人一到要死的時候，一切都是空虛，空虛，空虛而已……阿蓮提起請醫生的事情來，曼英笑着說道：

——還請醫生幹什麼呢？我知道我一定是要死的！

阿蓮不願意曼英死去。但是阿蓮沒有方法治好曼英的病。她只能伏在曼英的身上哭。

第三天。曼英覺察到了：她的下部流出來一種什麼黃白色的液體……她不知道這到底是什麼東西，然而她糢糊地決定了，這大概是一般人所說的梅毒，花柳病……她曾一時地驚恐起來。然而，當她想起

她快要死去的時候，她的一顆心又很平靜了。她曾聽見過什麼梅毒，白帶，什麼各式各種的花柳病，然而她並不知道那是一回什麼事，更沒什想到她自己也會經受這種病。現在曼英病了。她的病不是別的，而是萬人所唾罵的花柳病……這是怎樣地羞辱呵！但是，反正是一死，她想道，還問牠幹什麼呢？……

她知道，她很急切地希望着李尙志的到來，然而她一想到『如果李尙志知道我現在得了這種病症的時候，他該要怎樣地鄙棄我呵！……』，不但不希望李尙志的到來，而且希望李尙志永遠地不會來看她，如此，他便不會得知曼英的祕密。

——阿蓮！如果你一聽見有人敲後門的時候，你便跑下樓去看一看是誰。如果是李先生的話，那你便對他說，我不在家……

——姐姐，我不明白。爲什麼你不要李先生進來呢？他是一個好

人呵！

——好妹妹，別要問我！你照着我的話做去好了。

她曾不斷地這樣向阿蓮說：……

第四天。曼英退了燒。出乎她自己的意料之外，她居然能起床了。那黃白色的液體還是斷續地流着，然而似乎並不沉重，並沒有什麼特異的危險的徵象。她有點失望，因爲如此下去，她是不會死的。但是她本能地又有點歡欣起來，她究竟還可以再活下去呵。阿蓮的兩個圓濁濁的小笑窩又在曼英的眼前展開了。

——姐姐，我知道你是不會死的呵！

聽了阿蓮的話，曼英很親切地將阿蓮抱在懷裏吻了幾吻。然而在意識上，曼英還是以爲活着不如死去好，——既然生了這種羞辱的病，還活着幹什麼呢？如果李尙志知道了……唉，願他永遠地不知道！曼

英可以死去，然而這害了梅毒的事情，上帝保佑，讓他永遠地不知道罷！……

一聽見有人敲叩後門，曼英便叫阿蓮跑下樓去看看。

——姐姐，不是李先生，是別一個人。

阿蓮的簡單的報告使得曼英同時發生兩種相反的心情：歡欣與失望。歡欣的是，那是別一個人，而不是李尚志；失望的是，爲什麽李尚志老不來看她呢？難道說把她忘記了嗎？或者他以爲曼英墮落得不堪，就從此和曼英斷絕關係嗎？……

這眞是巨大的矛盾呵！曼英現在生活於這種矛盾之中，不能拋棄任何一方面。但是曼英知道，她是不能這樣長此生活下去的。或者她即刻死去，或者她跑至李尚志的面前痛訴一切，請求李尚志的寬恕，再從新過着李尚志式的生活……在這兩條路之中，曼英一定是要選擇

一條的。她覺得她還可以生活着下去，但是在別一方面，她又想道；她是病了，她再沒有和李尙志結合的機會了。雖然李尙志對她還是鍾着情，但是她已經不是從前的曼英了，已經是很不潔的人了，還有資格領受李尙志的情愛嗎？不，她是絕對沒有這種資格了！

過了一天，李尙志沒有來。

過了兩天，三天，四天，李尙志還沒有來。

曼英明白了，李尙志不會再來看她了。那一天李尙志不是很誠懇地勸過曼英嗎？不是很熱烈地希望過過去的曼英復生嗎？而她沒有給他一個確定的回答，而她差不多完全拒絕了他……好，李尙志還需要你王曼英幹什麼呢？李尙志是不會再進入王曼英的亭子間的了。

但是，也許李尙志不再需要曼英了，而曼英覺着自己很奇怪，似乎一定要需要李尙志的樣子，不能一刻地忘記他……李尙志於無形中緊

緊地將曼英的一顆心把握住了。

——阿蓮，你看李先生不會來了嗎？

——爲什麼不會來？他一定是會來的。你忘記了他曾說過他的事情很忙嗎？

曼英時常地問着，阿蓮也就這樣時常地答着。對於李尚志一定會來的事情，曼英覺得阿蓮比自己還有信心些。

已經是快要夜晚了。曼英忽然覺着非去看一看李尚志不可。無論他在家與否，就是能夠看一看他的房間，那他在書桌子上放着的一張小像片，那些……也是好的呵！她匆促地走出門來，忘却了一切，忘却了自己的病，一心一意地向着李尚志的住處走去。阿蓮曾阻止她說道：

——姐姐，我的飯快燒好了，吃了飯才出去罷！

但是在現在的這一刻間，這吃飯的事情是比較次要的了。對於曼英，那去看李尙志的事情，要比什麼吃晚飯的事情重要得幾千倍！……

黃包車夫是那樣地飛跑着，然而曼英覺得他跑得太慢了。如果她現在坐着的是飛機，那她也未必會感覺到飛機的速度。她巴不得一下子就到了李尙志的住處才是！街上的電燈亮起來了。來往的汽車睜着光芒奪人的眼睛。在有一個十字路的轉角上，電車出了軌，聚集了一大堆的人衆……但是曼英都沒注意到這些，似乎整個的世界對於她都是不存在的了，存在的只是她急於要看見的李尙志。唉，快一點，黃包車夫！越快越好呵！謝謝你！……

黃包車終於在李尙志所住着的衖堂口停住了。曼英付了車資，卽預備轉過身來走入衖堂口裏去。她歡欣起來了：她卽刻就可以看見李尙志，卽刻就可以和李尙志談一些很親密的話了，也許她，曼英，卽

刻就可以傾倒在李尙志的强有力的懷抱裏……忽然，一種思想，如巨大的霹靂一般，震動了她的腦際：他到底爲着什麼而來呢？爲着接受李尙志的勸告嗎？爲着接受李尙志的愛嗎？但是她，曼英，已經是一個很墮落的人了，現在竟生了梅毒！她還有能力接受李尙志的勸告嗎？還有資格接受李尙志的愛嗎？不，她不應當有任何的希望了！她應當死去，卽速地死去！他不應當再來擾亂李尙志的生活呵！……想到此地，她便停住了步。李尙志也許正在家裏，也許他正對着曼英的像片出神，然而曼英覺得自己的良心太過不去了，便很堅决地切斷要和李尙志見面的念頭。她覺着她輸去了一切，很傷心，然而她又覺得自己變成了一團的空虛，連眼淚都沒有了。

離開了李尙志所住着的衖堂口，她迷茫地走到了一條比較熱鬧的大街。人聲噪雜着，汽車叫鳴着，電車咥嗗着……連合成一片紛亂而

無音節的音樂。曼英迷茫地聽着這音樂，不懷着任何的目的。她感覺着自己已經是不存在的了。從前她在街上一看見生活豐裕的少爺，少奶奶，大腹賈……便起了憎恨，但是她現在沒有這一種心情了，因爲她自己已經是一團的空虛了。

曼英走着走着，忽然前面有一個人擋着去路。曼英舉起頭來，向那人很平靜地出了一會神，宛然那人立在她的面前如一塊什麼木塊也似的，不與她以任何的感觸。忽然她覺得那面孔，那眼睛，那神情，是曾在什麼時候見過的，那是在很遠很遠的時候……曼英還未來得及想出那人到底是誰，那人已經先開口了：

——今天我總算是摧到了你！

這句話含着歡欣又含着忿怒。曼英的腦筋即刻爲這句話打擊得清醒起來了。這不是別人，這是她的救主（？），這是要討她做小老婆

的陳洪運……

——啊哈！今天我總算是也捶到了你啊！——曼英冷笑着這樣說。陳洪運聽見曼英的話，不覺表現出來很遲疑的神情。他的忿怒似乎消逝下去了。

——你這個騙子！——陳洪運不大確信地說。

——騙子不是我，而是你！

——你為什麼說我是騙子呢？

——我寫給你的信你都沒收到嗎？——曼英扯起謊來了。

——我接到了你一封罵我的信。

——你接到了我一封罵你的信？——曼英做出很驚詫的神情，說道，——你在扯謊還是在說真話？

——笑話！你自己寫的，難道忘記了嗎？那封信難道說不是你寫

的嗎？

曼英聽了陳洪運的話，故意做出遲疑的神情，半晌方才說道：

——這眞奇怪了！我眞不明白。難道說坤秀會做出這種事情嗎？

——曼英低下頭來，如自對自地說了最後的一句話。

——難道說那不是你寫的嗎？

——當然不是我寫的！我敢發誓……

曼英還未將話說完，忽然不知道從什麼地方湧來了一羣人，將她擠得和陳洪運摟了一個滿懷。陳洪運趁這個機會，即刻將曼英的手握住了。

——我住在S旅館裏，離此地不遠……此地不是說話的地方，到我的寓處去，好嗎？

——你不是常住在上海嗎？——曼英問。

——不，我前天從南京來……

——你還要回到南京去嗎？

——是的，我在南京辦事情。

曼英躊躇起來了：她要不要和陳洪運到旅館去呢？如果一去的話，那是很明白的，陳洪運一定要求他所要得到而終沒得到的東西……但是曼英現在是病了呵，她不能夠答應他的那種要求……忽然她笑起來了，很堅决地說道：

——走，走，到你的旅館去罷！

陳洪運聽見了曼英的話，表示很滿意，卽刻將曼英的臂膀挽起來，開始走向前去。在路上她為他解釋着道，那一封駡他的信一定不是她寫的，她决不會做出這種沒有道理的事情來。從S城到上海來了之後，她住在她的一位女朋友的家裏，每逢曼英有什麼信要寄，都是

要經過她的手的。她有一位哥哥很看中了曼英……難道他們在暗地裏弄鬼嗎？一定是他們弄鬼呵！……

陳洪運相信了。他說，那一定是曼英的女朋友弄鬼，曼英是不會做出這種事情的……但是在別一方面，這些事情對於他已經是不重要了，重要的是他現在能够挽着曼英的臂膀，卽刻就可以吻她的唇，摟抱她的腰……曼英近來雖然病了，雖然黃瘦了許多，但是在陳洪運看來，她比在S城時更漂亮得多了。上海的時髦的裝束，將曼英在陳洪運的眼中更加增了美麗。不料意外地這美麗今夜晚又落在他的手裏……他眞應當要感謝上帝的賜與了。

同時，曼英一壁走着，一壁想道，今夜晚她要報答他的恩了！她將給他所需要的，同時她還贈給他一件不可忘却的禮物——梅毒！曼英雖然不能決定自己到底害着什麽病，然而她假設着這病就是梅毒，

今夜晚她要把梅毒做爲禮物：：她已經沒有任何的希望了。她還能看着別人很平安地生活下去嗎？她已經是一個病人了，還能爲別人保持着健康嗎？管他呢！從今後她的病就是向社會報復的工具了。如果從前曼英不過利用着自己的肉體以侮弄人，那末她現在便可以利用着自己的病向着社會進攻了。讓所有的男子們都受到她的傳染罷，橫豎把這世界弄毀壞了才算完了事！曼英既不顧惜自己，便一切什麼都不應當顧惜了。

於是她很高興地走向陳洪運的旅館去：：既然他很願意她使着他滿意，那她又何必使他失望呢？呵，就在今夜裏：：：一夜過去了。陳洪運向曼英表示着無限的謝意。他要求曼英一同到南京去，但是曼英向他說道：

——你先去，你先把房子租好了我才來呢。這一次大概不會像先

前的陰差陽錯了。

於是陳洪運很快樂地回到南京去。曼英依舊留在上海。她又重新興奮起來了。她從今後有了很巧妙的工具，她希望着全人類爲梅毒菌所破毀。管牠呢?!……

曼英似乎暫時地將李尚志忘却了。有時偶爾一想起李尚志來，不免還有着一種抱愧的心情，然而她很迅速地就决定道：『他做他的，我做我的，看看誰個的效果大些……我老是懸念着他幹什麼呢？……』

第二天晚上她在天韻樓上擁到了錢培生……第四天晚上在同一個所在擁到了周詩逸……她都給了他們以滿意。

她還想繼續找到承受她的禮物的人……

但是在第五天的晚上，曼英還未來得及出門的時候，李尚志來了……

十一

阿蓮見着李尚志走進房來，歡喜得雀躍起來了。她即刻走向前去，將李尚志的手拉着，瞇着兩眼，笑着問道：

——李先生，你為什麼老久不來呢？

——我今天不是來了嗎？

——姐姐天天說你為什麼不來看我們呢。她老記念着你，李先生……

——這阿蓮才會扯謊呢。——正預備着走出去的曼英，現在傍着桌子立着，這樣笑着說。她不知道為什麼她要否認阿蓮的話，可是否認了之後，她又覺得她是不應當否認的。她見着了李尚志走進房來，

一瞬間也曾如阿蓮一般地歡欣，也曾想向前將李尚志的手拉起來，和他在床上並排地坐下，說一些親密的話。然而她沒有這樣做。當她一想起來自家的現狀，她覺得她沒有權利這樣做，於是她將頭漸漸地低下來了。

——李先生，你爲什麼老穿着這一套衣服呢？——曼英又聽見阿蓮說話了。——永遠不換嗎？沒有人替你洗嗎？我會洗，有衣服拿來我替你洗罷。

——小妹妹，——李尚志很溫存地摩着她的頭，笑道，——你眞可愛呢。謝謝你。你看我這一套衣服不好看嗎？

——天氣有點熱起來了呢。

阿蓮說着，便將李尚志拉到桌子旁邊的椅子上坐下。她先從熱水瓶倒出一杯開水來，然後開開抽屜，拿出來一包糖果（這是曼英買給

她吃的），向李尙志笑着說道：

——李先生，長久不來了，稀客，——阿蓮說着這話，扭過臉來向曼英望着，表示自己很會待客的神情。然後她又面向着李尙志說道，——這是姐姐買給我吃的，現在請你吃，不要客氣。

李尙志面孔變成了那般地和藹，那般地溫存，那般地親愛，簡直爲曼英從來所沒看見過。他似乎要向阿蓮表示謝意，但他不知說什麽話爲好，只是微笑着。曼英簡直爲他的這般神情所吸引住了，兩眼只向他凝視着不動。

阿蓮和李尙志開始吃起糖果來，宛然他們倆忘却了曼英的存在也似的。她覺得在他們倆的面前，她是一個剩餘的人了。房中的空氣一時地沈重起來，緊壓着曼英的心魂，使她感覺到莫知所以的悲哀。一絲一絲的淚水從她的眼中簌簌地流出來了。

——曼英！曼英！——李尚志一覺察到這個時，便卽刻跑到曼英的面前，拉起她的手來說道，——你，你又怎麽了？我感覺着你近來太變樣了。你看，你已經黃瘦了許多。你到底遇着了什麽事呢？你這樣……這樣蹧踏自己的身子是不行的呵！你說，你有什麽心事！我做出使你傷心的事了嗎？我的……（他預備說出妹妹兩個字來。）你說，你說……

曼英不回答他的話，伏在他的肩上更加悲哀地哭起來了。阿蓮不知發生了什麽事情，只呆立着不動，如失了知覺也似的。停了一會，曼英開始哽咽着斷續地說道：

——尚志，我不但對不起你，而且我……我已經……成爲一個不可救藥的人了。從前我不愛你，那，那是我的錯誤，請你寬恕我。可是現在……尚志！可是現在……我沒有資格再愛你了，我，我不配

呵！……唉，如果你知道我的……

說至此地，曼英停止住了。李尚志覺得她的淚水滲透了他的衣服，達到他的皮膚了。他見着曼英的兩個肩頭抽動着，便用手撫摩起她的肩頭來。

——曼英，你有什麼傷心事，你告訴我罷，世界上沒有什麼辦不好的事情……

曼英想痛哭着盡量地告訴李尚志這半年多的自家的經過，可是她覺着她沒有勇氣，她怕一說出來，李尚志便將她推開，毫不回顧地跑出房去……那時該是多末地可怕呵！不，什麼都可以，可是她決不能告訴李尚志這個！那時不但李尚志要拋棄她，就是和她住在一塊，稱她爲姐姐的小阿蓮，也要很驚恐地跑開了。不，什麼都可以，只要不是這個！……

——尙志，——停了一會，曼英又哽咽着說道，——說也沒有益處。已經遲了，遲了！尙志，我對不起你，對不起你……

——你有什麽對不起我的地方呢？

——現在你可以打我，罵我，唾棄我，但是你不可以愛我……我已經是墮落到深淵的人了。唉，尙志，我現在只有死路一條，永遠地不會走到復生的路上了……

李尙志恐怕曼英站着吃力，便將她扶至床邊和着自己並排坐下了。曼英的頭依舊伏在他的肩上。他伸一伸手，似乎要將曼英擁抱起來，然而他終究沒有如此做。

——曼英，我簡直不明白你，你爲什麽要這樣地自暴自棄……我是不會相信你自己的話，什麽不會復生的話……

他看一看那床頭上的曼英的像片。停了半晌，忽然他很興奮地說道：

——曼英，請你相信我，我無論如何忘記不掉你。有時工作着工作着，忽然你的影子飛到腦裏來……唉，這些年，自從認識了你以來，我實在沒有一天不想念着你呵！……曼英，曼英，我愛你呵！……

李尚志在曼英的頭髮上狂吻起來。曼英覺着他的全身都在顫動了。由他的內裏奔湧出來的熱力，一時地將曼英的心神冲激得恍惚了，曼英也就不自主地傾倒在他的懷抱裏。呵，這懷抱是如何和柳遇秋，錢培生，周詩逸……等人的不同！李尚志的親吻該是多末地使着曼英感覺得幸福和愉快！……她的意識醒轉來了。她驚駭得從李尚志的懷抱裏突然地跳將起來。她以爲她在李尚志的面前犯了不可赦免的罪過：她忘却她自己了！她還有資格這樣做嗎？她是在犯罪呵！……

於是曼英又失望地哭起來了。

——尚志，——她吞着淚說道，——我沒有權利這樣做，我不配……

請你忘記我罷，永遠地忘記我！……這樣好些，這樣好些呵！你應當知道……

曼英哭得不能成聲了。被曼英的動作所驚愕住了的李尙志，只瞪着兩眼向曼英望着，似乎不明白發生了一回什麼事。聽了曼英的話，半晌方才說道：

——曼英，你一點兒都不愛我嗎？

——親愛的，尙志，你別要說這種話罷，這簡直使我痛苦死了呵！——曼英說着，又和李尙志並排坐下了。她睜着兩隻淚眼，很痛苦地向李尙志望着，繼續說道：

——不錯，從前我是不愛你的，那是我的錯誤，請你原諒我。可是現在，我愛你，尙志，我愛你呵……不過我不能愛你了。我不配愛你了。如果我表示愛你，那我就是對你犯罪。

——我眞不明白你的意思。

——我的尙志，親愛的……是的，你不明白我的意思。你不可以明白我的意思呵！唉，天哪，這是多末地痛苦呵！……

一直呆立到現在不動的阿蓮，現在如夢醒了一般，跑到曼英的面前，伏倒在曼英的懷裏，放着哭音說道：

——姐姐，你不要這樣呵！聽一聽李先生的話罷，他是一個好……好人……

曼英的淚滴到阿蓮的髮辮上。她這時漸漸地停止住哭了。她撫摩着阿蓮的頭髮，忽然將思想都集中到阿蓮的身上。她知道她是離不開阿蓮的，如果沒有阿蓮，那她便不能生活。但同時她又明白，那就是她沒有權利將阿蓮長此放在自己的身邊，——她也許會今天或明天就死去，但是她將怎樣處置阿蓮呢？阿蓮的年紀還輕，阿蓮的生活還有

着無限的將來；曼英既然將自己的生活犧牲了，那她是沒有再將阿蓮的幼稚的生活弄犧牲了的權利呵！……但是，她應當怎樣處置阿蓮呢？

這時李尙志似乎也忘却別的，只向阿蓮出着神。房間內一時地沈默起來。過了一會，李尙志忽然想起來了他久已要告訴曼英的事情：

——我險些兒又忘記了。曼英，我們有一處房子，看守的人是一個老太婆。我們來來往往的人很多，那是很惹人注目的，頂好再找一個小男孩或是小姑娘。我看阿蓮是很聰明的，如果……

李尙志說到此地不說了，兩眼向着曼英望着。曼英明白了他的意思。她始而大大地顫戰了一下，如同聽到了一個可怕的消息一般。繼而她又向她的意識妥協了：李尙志是對的，阿蓮應跟着他去……她失去了阿蓮，當然要感受到深切的苦痛，然而這只是她個人的命運……

——阿蓮能夠到我們那邊去嗎？停了一會，李尙志很無信心地向曼英問了這末一句。曼英一瞬間覺着李尙志太殘酷了，他居然要奪去她的這個小伴侶，最後的安慰！她不禁憤恨地望了李尙志一眼。但是她終於低下頭來，輕輕地說道：

——尙志，這是可以的。

阿蓮還不明白是什麽一回事。李尙志聽了曼英的話，不禁很歡喜地將阿蓮拉到自己的身邊，笑着向她說道：

——阿蓮，你沒有母親了，我們那邊有一個老太婆可以做你的母親，你去和她一塊過活罷。你願意不願意？

阿蓮搖一搖頭，說道：

——李先生，我不願意。我還是和姐姐一塊兒過活好。姐姐喜歡我，姐姐待我好，我不願意到別的地方去。

阿蓮轉過臉來，目不轉睛地向曼英望着，那神情似乎向曼英求救的樣子。曼英一想到阿蓮去了之後，那她便孤單單地剩在這房間裡，那兩個圓渦渦的小笑窩也許從此便不會在她的眼前顯露了……不禁又心酸起來，簌簌地流下來幾顆很大的淚珠。但她用手帕將淚眼一揩，即刻又鎮定起來了。她將阿蓮拉到自己的懷裏，撫摩着她的頭，輕輕地，很溫存地，如同母親對女兒說話的樣子，說道：

——妹妹，你一定要到李先生那邊去呢。那邊有個老太婆，良心好的很，我知道，她一定比我還要待你好些。現在你不能同我在一塊兒住了，你曉得嗎？我要離開上海，回家去，過兩三個月才能來。你明天就到李先生那邊去罷，李先生一定很歡喜你的。

——我捨不得姐姐你呵！——阿蓮將頭抵住曼英的胸部，帶着一點兒哭音說，——我捨不得你呵，姐姐！……

——兩三個月之後，你還會和我一塊兒住的，你曉得嗎？好妹妹，請你聽我的話罷，明天李先生來領你去，那邊一定會比我這裏好……

阿蓮在曼英的懷裏哭起來了。曼英不禁又因之傷起心來。停了一會，曼英開始用着比較嚴肅些的聲音說道：

——妹妹，你爲什麽要哭呢？你還記得你的爸爸和媽媽的事情嗎？如果你還記得，你就要跟着李先生去！李先生可以爲你的爸爸和媽媽報仇……你明白了嗎？……

阿蓮一聽見這話，果眞地不哭了。她從曼英的懷裏立起身來，向李尙志審視了一會，然後很確定地說道：

——李先生，我願意跟你去了。

曼英又將阿蓮拉到自己的身邊，在她的腮龐很親蜜地吻了幾下，

說道：

——你眞是我的好妹妹呵！……——曼英說着這話，微笑了起來，同時，湧激的淚潮又從她的眼睛中奔流出來了。她轉過臉來向李尙志斷續地說道：

——尙志！好好地看待她罷！……好好地看待她罷！……看在我的分上。……你不應當讓任何人難爲她……你能答應我這個嗎？

——曼英！——李尙志很確信地說，——關於這一層請你放心好了！我們自己雖然穿得這個怪樣，但是我們一定要爲阿蓮做幾套花衣服，好看一點的衣服，穿一穿。我們的那個老太婆，她是張進的，你曉得張進嗎？她是張進的母親，心腸再好也沒有了。如果她看見了阿蓮，那她一定會歡喜得流出老淚來。

已經十點多鐘了。李尙志告辭走了。在李尙志走了之後，曼英爲

着要使阿蓮安心，又詳細地向她解釋了一番。阿蓮滿意了。睡神很溫存地將阿蓮擁在懷抱裏，阿蓮不斷地在夢鄉裏微笑……

曼英也安心了。她想道，她也許辜負了許多人：母親，朋友，李尙志……也許她確確實實地辜負了革命。然而，無論如何，她是可以向自己說一句，總算是對得住阿蓮了！阿蓮已經有了歸宿。阿蓮不會再受什麽人虐待了。

但是在別一方面，曼英將失去自己的最後的安慰，最後的伴侶……她還有什麽興趣生活下去呢？她所剩下來的還有什麽呢？……她覺着她失去了一切。這一夜，如果阿蓮帶着微笑伏在睡神的懷裏，那曼英便輾轉反側，不能入夢。她宛然墜入了迷茫的，絕望的海底，從今後她再不能翻到水面，仰望那光明的天空了。

第二天一清早，李尙志便將阿蓮領了去。曼英沒有起床，阿蓮給

了她無數的辭別的吻……於是阿蓮便離開曼英了。那兩個圓渦渦的小笑窩，曼英也許從今後沒有再看見的機會了！她失去了最後的安慰，她失去了一切……於是她伏在枕上毫無希望地啜泣了半日。

從這一天起，曼英只坐在自己的一間小房裏，什麼地方也不去了。她開始寫起日記來。這下面便是她的日記中的斷片：

『……阿蓮離我而去了。我失去了生活中的最後的安慰。我知道從今後阿蓮走上光明的生的路上去。但是我自己呢？……我已經沒有路可走了。我的前面只是一團絕望的漆黑而已。然而我很安心，因為我總算是沒有辜負了阿蓮，這個可愛的小姑娘……

……………………………………

『今天下午李尙志來了。我先問起阿蓮的情形。我生怕他們男子們粗野，不會待遇小孩子。他說，那是不會的。他說，無論怎樣，他

李尙志有保護阿蓮不吃苦的責任……後來，他又開始勸起我來了。他說，我對於革命的觀念完全是錯誤的，革命並不如我所想像的那樣……我眞有點煩惱起來了。當我失去一切的時候，我還問什麼革命不革命呢？他終於失望而去。

……………………………………

『今天李尙志又來了。他說，他無論怎樣不能忘記我！他說，他愛我，一直從認識的時候起……我的天哪，這眞把我苦惱住了！我並不是不愛他，而是我現在不能愛他了。我想將我的眞相告訴他，然而我沒有勇氣……我的天哪，我怎樣才能打斷他對於我的念頭呢？……如果我要領受他的愛，那便勢不得不將我自己的生活改造一下，然而這是怎樣困難的事情呵！不但要改造生活的表面，而且要將內裏的角角

落落都重新翻一翻……不，這是太麻煩了！而況且我現在已經害了這種病，又怎麼能夠愛他呢？

……………………………………

『我完完全全是失敗了！我曾幻想着破壞這世界，消滅這人類……但是到頭來我做了些什麼呢？可以說一點什麼都沒有做！我以爲我可以盡我的力量積極地向社會報復，因之我蹧踏了我的身體，一至於得了這種羞辱的病症……但是效果在什麼地方呢？萬惡的社會依然，敵人仍高歌着勝利……

……………………………………

『李尚志今天又來了。他隨身帶了許多書籍給我。我的天哪，他到底是怎麼一回事呢？他近來的工作不忙了嗎？……他老勸告我回轉頭來，但是他不知道我是永囘不轉頭來的了。我豈不是想……唉，我還

是想生活着呵，很有興趣地生活着呵！……但是我生活不下去了。我失去了一切。我失去了信心，呵，這最重要的信心呵！……他不能了解我現在的心境，恐怕他永遠沒有了解的可能了。他擁抱着我，他想和我接吻……我豈不想嗎？我豈不想永遠沉醉在他的强有力的懷抱裏嗎？然而當我一想起我自身的狀況，我便要拒絕他，不使他挨到我的已經被汚穢了的身體……如果我不如此做，我便是在他的面前犯罪呵！……

……………………………………………………

『唉，苦痛呵，苦痛！……我希望李尙志永遠不要再來看我了，讓我一個人孤單地死在這間小房子裏……這樣子好些呵！……但是他近來簡直把持不住了自己，似乎一定要得到我的愛才罷手！今天他又來了。他苦苦地勸告我，一至於到了哭着哀求的地步。這眞是出乎我

的意料之外了。他說，他一定要救我，救不了我，那他便不能安心地工作下去……我的天哪，這倒怎麼樣好呢？我變成了他的工作的障礙物了！不，我一定要避開他，永遠地避開他……

……………………………………

『我已下了決心了！我不必再生活下去！李尙志應當生活着，阿蓮應當生活着，因爲生活對於他們是有意義的。但是我……我還生活下去幹什麼呢？我既不能有害於敵人，也不能有益於我的朋友，李尙志……我是一個絕對的剩餘的人了。算了！不再延長下去了！讓我完結我自己的生活罷！……明天……早晨……我將葬身於大海裏，永遠地，永遠地，脫離這個世界，這個萬惡的世界……別了，我的阿蓮！如果你的姐姐的生活沒有走着正路，那她所留給你的禮物，就是她的覆轍啊！……別了，我的李尙志！我所要愛而不能愛的李尙志！我不

希望你能原諒我，但我希望你能不忘記我……』

於一天早晨，曼英坐上了淞滬的火車。一夜沒有睡覺，然而曼英並不感覺到疲倦，一心一意地等着死神的來到。人聲噪雜着，車輪㗂喎着，而曼英的一顆心只是迷茫着。她的眼睛是睜着，然而她看不見同車內的人物。她的耳朵是在展開着，然而她聽不見各種的聲音。人世對於她已經是不存在的了，存在的只是那海水的懷抱，她卽刻就要滾入那巨大的懷抱裏，永遠地，永遠地，從人世間失去了痕跡……

她無意識地向窗外伸頭望一望，忽然她感覺到一種很相熟的，被她所忘却了的東西：新鮮的田野的空氣，刺激入了她的鼻腔，一直透澈了她的心脾；溫和的春風如雲拂一般，觸在她的面孔上，使她感覺到一種不可言喻的愉快的撫慰；朝陽射着溫和的光輝，向曼英展着歡迎的微笑……一切都充滿着活潑的生意，彷彿這世界並不是什麽黑暗

的地獄，而是光明的領地。一切都具着活生生的希望，一切都向着生的道路走去。你看這初升的朝陽，你看這繁茂的草木……

曼英忽然感覺到從自身的內裏，湧出來一股青春的源泉，這源泉將自己的心神沖洗得清晰了。她接着便明白了她還年青，她還具有着生活力，她應當繼續生活下去，領受這初升的朝陽向她所展開的微笑……

曼英想起來了去年的今時。也許就在今天的這一個日期，也許就在這一刻，她乘着火車走向H鎮去。那時她該多末充滿着生活的希望呵！她很勝利地，矜持地，領受着和風的溫慰，朝陽的微笑，她覺得那前途的光明是屬於她的。總而言之，那時她是向着生的方面走去。時間才經過一年，現在曼英却乘着火車走向吳淞口，走向那死路去……。這是怎麽一囘事呢？這是錯誤罷？這一定是錯誤！曼英的年紀還青，

曼英還具有着生活力，因之，這朝陽依舊向她微笑，這和風依舊給她撫慰，這田野的新鮮的空氣依舊給她以生的感覺……不，曼英還應當再生活下去，曼英還應當把握着生活的權利！爲着生活，曼英還應當充滿着希望，如李尙志那般地奮鬥下去！生活就是奮鬥呵，而奮鬥能給與生活以光明的意義……

曼英向着朝陽笑起來了。這笑一半是由於她感到了生的意味，一半是由於她想到了自己的痴愚：她的年紀還青，她還有生活的力量，而她却一時地發起痴來，要去投什麼海水！這豈不是大大的痴愚，同時，又豈不是大大的可笑嗎？不錯，她是病了，然而這病也許不就是那種病，也許還是可以醫得好的……這又有什麼失望的必要呢？

『過去的曼英是可以復生的呵！』曼英自對自地說道，『你看，曼英現在已經復生了。也許她還沒有完全復生起來，然而她是走上復生

的路了……』

曼英還沒有將自己的思想完結，火車已經嗚嗚地鳴了幾下，在吳淞車站停下了。人們都忙着下車，但是曼英怎麼辦呢？她沉吟了一會，也下了車，和着人們一塊兒擠出車站去。她走至江邊向那寬闊的海口望了一會，便回轉到車站來，買了車票，仍乘上原車回向上海來……

……時間過得眞快，李尚志不見着曼英的面，不覺得已經有兩個多月了。他還是照常地在地下室裏工作着，然而曼英的影像總不時地要飛向他的腦海裏來。『她到底到什麼地方去了呢？自殺了嗎？唉，這末樣好的一個姑娘！……』他總是這樣想着，一顆心，可以說除開工作之外，便總是緊緊地繫在曼英的身上。

那是一天的下午。李尚志因爲一件事情到了楊樹浦。在一塊土坪

內聚集了許多男人和女人，李尙志走到他們跟前一看，明白了他們是在做什麼事。他們都是紗廠的工人……與其說好奇心，不如說責任心將李尙志引到他們的隊伍裏。無數的面孔都緊張着，興奮着，有的張着口狂吼着……忽然噪雜的聲音寂靜下來了。李尙志看見一個年輕的穿着藍花布衣服的女工登上土堆，接着便開始演起說來。李尙志一瞬間覺得自己的眼睛花了，用力地揉了幾揉，又向那演說着的女工望去。不，他的眼睛沒有花，這的的確確是她，是曼英呵！……他不禁驚喜得要發起狂來了。他想跑上前去將曼英擁抱起來，盡量地吻她，一直吻到疲倦的時候爲止。但是他的意識向他說道，這是不可以的，在這樣人多的羣衆中……

曼英似乎也覺察到了李尙志了。在興奮的演說中，她向李尙志所在着的地方撒着微笑，射着溫存的眼光……李尙志覺得自己從來沒有

像現在這樣地幸福過。

然而在羣衆的浪潮中，曼英還有最緊要的事情要做，她竟沒有給與李尚志以談話的機會。僅僅在第三天的晚上，曼英走向李尚志的住處來了。她已經不是兩個多月以前的曼英了。那時她在外表上是一個穿着漂亮的衣服的時髦的女學生，在內心裏是一個空虛而對於李尚志又感覺到不安的人。可是現在呢，她不過是一個很簡單的女工而已，她和其餘的女工並沒有什麽分別。她的美麗也許減少了，然而她的靈魂却因之充實起來，她覺得她現在不但不愧對李尚志，而且變成和李尚志同等的人了。兩個多月的時間並不算長，但是在曼英的生活中該起了多末樣大的變化呵！……

李尚志的房間內的一切，一點兒也沒有改變。曼英的像片依舊放在原來的桌子上。曼英不禁望着那像片很幸福地微笑了。這時她倚在

李尙志的懷裏，一點兒也不心愧地，領受着李尙志對於她的情愛。

——尙志，我現在可以愛你了。

——你從前爲什麼不可以愛我呢？

——尙志，如果我告訴你不可以愛你的原因，你會要鄙棄我嗎？

——不，那是絕對不會的！

曼英開始爲李尙志訴說她流落在上海的經過。曼英很平靜地訴說着，一點兒也不覺着那是什麼很羞辱的事情；李尙志也就很有趣味地靜聽着，彷彿曼英是在說什麼故事也似的。

——……我得了病，我以爲我的病就是什麼梅毒。我覺着我沒有再生活下去的必要了。於是我決定自殺，到吳淞口投海去，可是等我見着了那初升的朝陽，感受到了那田野的空氣所給我的新鮮的刺激，忽然我覺得一種生的慾望從我的內裏奔放出來，於是我便嘲笑我自己

的悶傻了。……回到上海來請醫生看一看，他說這是一種通常的婦人病，什麼白帶，不要緊……唉，尙志，你知道我是怎樣地高興呵！

——你爲什麼不卽刻來見我呢？——李尙志插着問。曼英沒有卽刻回答他，沈吟了一會，輕輕地說道：

——親愛的，我不但要洗淨了身體來見你，我並且要將自己的內心，角角落落，好好地翻造一下才來見你呢。所以我進了工廠，所以我……呵，你的話眞是不錯的！羣衆的奮鬥的生活，現在完全把我的身心改造了。哥哥，我現在可以愛你了……

兩人緊緊地擁抱起來。愛情的熱力將兩人溶解成一體了。忽然聽見有人敲門……曼英如夢醒了一般，卽刻便立起身來。李尙志走至門前問道：

——誰個？

——是我，李先生。

——呵哈！——李尚志歡欣地笑着說道，——我們的小交通委員來了。快進來，快進來，你看看這個人是誰……

阿蓮一見着曼英，便向曼英撲將上來，拉住了曼英的手，跳着說道：

——姐姐，姐姐，你來了呵！——阿蓮將頭伏在曼英的身上，由於過度的歡欣，反放起哭音來說道：

——你知道我是怎麼樣地想你呵！我只當你不會來了呢！……

曼英撫摩着阿蓮的頭，不知怎樣才能將自己的心情表示出來。她應向阿蓮說一些什麼話爲好呢？……曼英還未得及開口的時候，阿蓮忽然離開她，走向李尚志的身邊，笑着說道：

——李先生，這一封信是他們教我送給你的，——她說着從懷中

掏出一封信來遞給李尙志。——我差一點忘記掉了呢。我還有一封信要送……

阿蓮又轉過身來向曼英問道：

——姐姐，你還住在原處嗎？

——不，那原來的地方我不再住了。——曼英微笑着搖一搖頭說。

——你現在和李先生住在一塊嗎？

曼英不知爲什麼有點臉紅起來了。她向李尙志溜了一眼，便低下頭來，不回答阿蓮的話。李尙志很得意地揷着說道：

——是的，是的，她和我住在一塊了。你明天有空還來罷。

阿蓮天眞爛漫地，如有所明白也似的，微笑着跑出房門去了。李尙志將門關好了之後，回過臉來向曼英笑着說道：

——你知道嗎？她現在成了我們的交通委員了。等明天她來時，你可以同她談一談國家大事……

——真的嗎?!——曼英表示着無涯的驚喜。她走上前將李尙志的頸子抱着了。挨着他們倆便向窗口走去。這時在天空裏被灰白色的雲塊所掩蔽住了的月亮，漸漸地突出雲塊的包圍，露出自己的皎潔的玉面來。雲塊如戰敗了也似的，很無力地四下消散了，將偌大的蔚藍的天空，完全交與月亮，讓牠向着大地展開着勝利的，光明的微笑。

兩人靜默着不語，向那晶瑩的明月凝視着。這樣過了幾分鐘的光景，曼英忽然微笑起來了，愉快地，低低地說道：

——尙志，你看！這月亮曾一度被陰雲所遮掩住了，現在牠衝出了重圍，仍是這般地皎潔，仍是這般地明亮！……

（完）

一九三〇年一月初版
一九三〇年四月四版

衝出雲圍的月亮

每冊實價八角

著者　華維素

發行者　北新書局
上海四馬路中市

分發行所
北平琉璃廠
南京花牌樓
廣州永漢北路
重慶天主堂街
北新書局

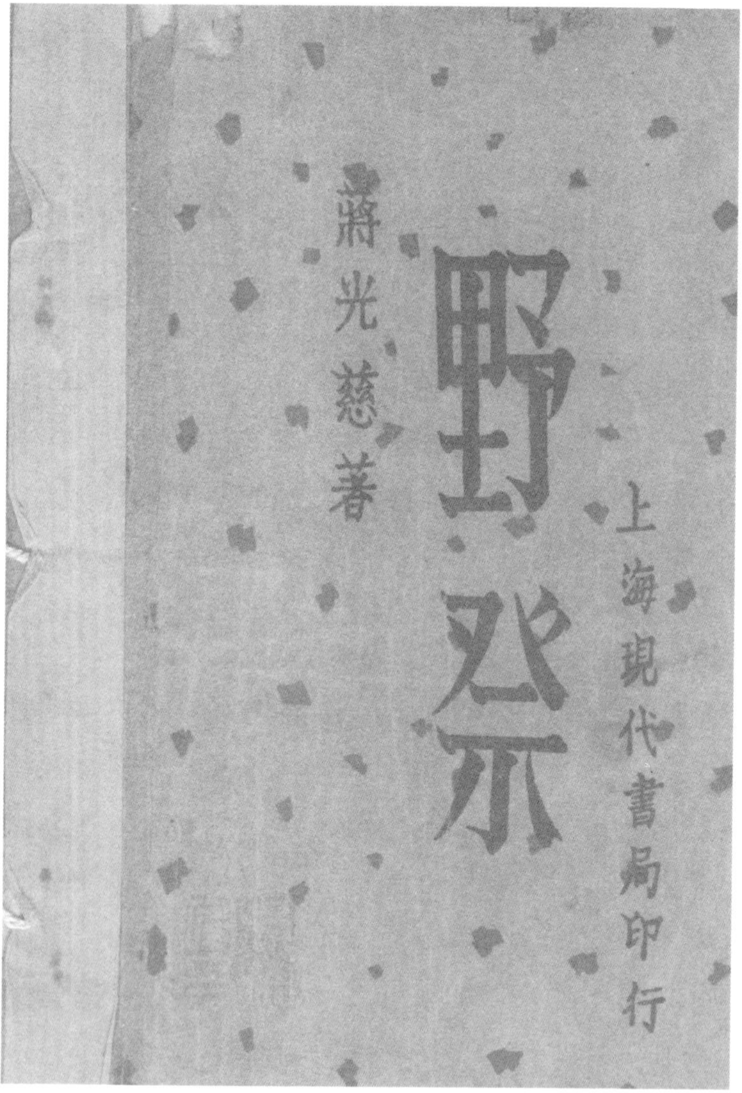
上海現代書局印行
野祭
蔣光慈著

野　祭

蔣光慈著

上　海

現代書局

1929

1927 11 20 初版
1928 3 10 二版
1928 8 20 三版
1928 11 20 四版
1929 12 15 五版
5501——7500册

每册實價大洋四角
上海現代書局發行

前書

慣於流浪的我，今年又在武漢過了幾個月。在這幾個月之中，若問起我的成績來，是一點也沒有的。幸而我得遇着了一位朋友陳季俠君，在朝夕過從間，我得了他的益處不少。我們同是青年人，並且同是青年的文人，當然愛談到許多許多戀愛的故事。陳君爲我述了他自身所經歷的一段戀愛的故事，我聽了頗感興味，遂勸他將這一段戀愛的故事寫將出來，他也就慨然允諾，不數日而寫成。我讀了之後，覺得他的這本小書雖然不是什麼偉大的製作，但在現在流行的戀愛

小說中，可以說是別開生面。牠所表現的，並不在於什麽三角戀愛，四角戀愛，什麼好哥哥，甜妹妹……而是在於現今的時代，在這個時代之中有兩個不同的女性。也許牠所表現的不深刻，但是……呵！我暫且不加以批評罷，讀者諸君自然是會批評的。我的責任是在於將牠印行以公之於世。我本不喜歡專門寫戀愛小說的作家，但是現在戀愛小說這樣地流行，又何妨將陳君的這本小書湊湊數呢？

野　祭

一

"淑君呵！我真對不起你！我應當在你的魂靈前懺悔，請你寬恕我對於你的薄情，請你赦免我的罪過……我現在想懇切地在你的墓前痛哭一番，一則憑吊你的俠魂，——你的魂真可稱爲俠魂呵！——一則吐洩我的悲憤。但是你的葬地究在何處呢？你死了已經四個月了，但是一直到現在，你的屍身究竟埋在何處，不但我不知道，就是你的父母也不知道。也許你餵了魚腹，或受了野獸們的飽饜，現在連尸骨都沒有了。你的死是極壯烈的，然而又是極悲慘的，我每一想像到

你被難時的情形，不禁肝腸痛斷，心胆皆裂。但是我的令人敬愛的淑君！我眞是罪過，罪過，罪過呵！你生前的時候，我極力避免你施與我的愛，我從沒曾起過愛你的念頭，也許偶爾起過，但是總沒愛過你。現在你死了，到你死後，我才追念你，我才哭你，這豈不是大大的罪過麼？唉，罪過！大大的罪過！你恐怕要怨我罷？是的，我對於你是太薄情了，你應當怨我，深深地怨我。我現在只有懷着無涯的悲痛，我只有深切的懺悔……”

想起來，我眞是有點辜負淑君了。但是現在她死了，我將如何對她呢？讓我永遠憶念着她罷！讓我永遠將我的心房當他的墳墓罷！讓我永遠將她的芳名——淑君——刻在我的腦膜上罷！如果淑君死而有知，她也許會寬恕我的罪過於萬一的。但是我眞是太薄情了，我還有求寬恕的資格麼？唉！我眞是罪過，罪過！……

二

去年夏天，上海的炎熱，據說爲數十年來所沒有過。溫度高的時候，達到一百零幾度，弄得龐大煩雜的上海，變成了熱氣蒸人焦燥不堪的火爐。富有的人們有的是避熱的工具——電扇，冰，兜風的汽車，深厚而陰涼的洋房……可是窮人呢，這些東西是沒有的，並且要從事不息的操作，除非熱死才有停止的時候。機器房裏因受熱而死的工人，如螞蟻一樣，沒有人計及有若干數。馬路上，那熱焰蒸騰的馬路上，黃包車夫時常拖着，忽地伏倒在地上，很迅速地斷了氣。這

極因受熱而致命的慘像，我們不斷地聽着見着，雖然也有些上等人因受了所謂暑疫而死的，但這是例外，可以說是鳳毛麟角罷。

不是資產階級，然而又不能算為窮苦階級的我，這時正住在M里的一間前樓上。這間前樓，比較起來，雖然不算十分好，然而房子是新建築的。倒也十分乾淨。可是這間前樓是坐東朝西的，炎熱的日光實在把牠薰蒸得不可向邇，——這時這間房子簡直不可住人。我日裏總是不落家，到處尋找納涼的地方，到了深夜才靜悄悄地回來。

我本沒有搬家的念頭。我的二房東夫妻兩個每日在黑籍裏過生活，吞雲吐霧，不干外事，倒也十分寂靜。不料後來我的隔壁——後樓裏搬來了兩個唱戲的，大約是夫妻兩個罷，破壞了我們寂靜的生活：他們嘻笑歌唱，吵嘴打罵，鬧得不安之至。我因為我住的房子太熱了，現在又加之這兩個“寶貨”的擾亂，就是到深夜的時候，他們也不知遵守肅靜的規則，於是不得不做

搬家的打算了。半無產階級的我在上海一年搬幾次家，本是很尋常的事，因爲我所有的不過是幾本破書，搬動起來是很容易的。

在C路與A路轉角的T里內，我租定了一間比較招風而沒有西晒的統樓面。房金是比較貴些，然而因爲地方好，又加之房主人老夫妻兩個，看來不像狡詐的人，所以我也就決定了。等我搬進了之後，我才發現我的房東一家共有七口人——老夫妻兩人，少夫妻兩人及他倆的兩個小孩，另外一個就是我所憶念的淑君了，她是這兩個老夫妻的女兒。

淑君的父親是一個很忠實模樣的商人，在某洋行做事；她的哥哥是一個打字生（在某一個電車站裏罷？），年約二十幾歲，是一個謹愼的而無大企圖的少年，在上海這一種少年人是很多的，他們每天除了自己的職務而外，什麽都不願意過問。淑君的嫂嫂，呵，我說一句實話，我對她比較多注意些，因爲她雖然是一個普通家庭的婦女，可是她的溫柔和順的態度，及她向人

說話時候的自然的微笑，實在表現出她是一個可愛的女性，雖然她的面貌並不十分美麗。

我與淑君初見面的時候，我只感覺得她是一個忠厚樸素的女子。她的一雙濃眉，兩隻大眼，一個圓而大的，雖白淨而不秀麗的面龐，以及她的說話的聲音和動作，都不能引人起一種特殊的，愉快的感覺。看來，淑君簡直是一個很普通而無一點兒特出的女子。呵！現在我不應當說這一種話了：我的這種對於淑君的評判是錯誤的！"人不可以貌相，海水不可以斗量，"真正的令人敬愛的女子，恐怕都不在於她的外表，而在於她的內心罷！呵，我錯了！我對於淑君的評判，最不公道的評判，使我陷入了很深的罪過，而這種罪過成為了我的心靈上永遠的創傷。）

我搬進了淑君家之後，倒也覺得十分安靜：淑君的父親和哥哥，白天自有他們的職務，清早出門，到晚上才能回來；兩個小孩雖不過四五歲，然並不十分哭鬧，有時被他倆的祖母，淑君的母親，引到別處去玩耍，家中見不着他們的影

子。淑君的嫂嫂，這一個溫柔和順的婦人，鎮日地不聲不響做她的家務事。淑君也老不在家裏，她是一個小學教員，當然在學校的時候多。在這種不煩噪的環境之中，從事腦力工作的我，覺得十分滿意。暑熱的炎威漸漸地消退下去了，又加之我的一間房子本來是很風涼的，我也就很少到外邊流浪了。

在初搬進的幾天，我們都是很陌生的，他們對我尤其客氣，出入都向我打招呼，——這或者是因爲他們以爲我是大學教授的原故罷？在市儈的上海，當大學教授的雖然並不見得有什麼尊榮的名譽，然總是所謂“教書先生”“文明人”，比普通人總覺得要被尊敬些。淑君對於我并不過於客氣，她很少同我說話，有時羞答答地向我說了幾句話，就很難爲情地避過臉去停止了，在這個當兒完全表現出她的一副樸眞的處女的神情。當她向我說話的時候，總是含羞帶笑地先喊我一聲“陳先生!”，這一聲“陳先生!”的確是溫柔而婉麗。她有一副白淨如玉一般的牙齒，我對

於她這一副可愛的牙齒，曾有幾番的注視，倘若我們在她的身上尋不出別的美點來，那麼她的牙齒的確是可以使她生色的了。

我住在樓上，淑君住在樓下，當她星期日或有時不到學校而在家裏的時候，她總是彈着她的一架小風琴，有時一邊彈一邊唱。她的琴聲比她的歌聲要悠揚動聽些。她的音調及她的音調的含蓄的情緒，常令我聽到發生悲壯蒼涼的感覺；在很少的時候她也發着哀感婉艷刺人心靈的音調。她會的歌曲兒很多，她最愛常彈常唱的，而令我聽得都記着了的，是下列幾句：

世界上沒有人知道我；
世界上沒有人憐愛我；
我也不要人知道我；
我也不要人憐愛我；
我願拋却這個惡濁的世界，
到那人跡不到的地方生活。

這幾句歌詞是原來就有的呢，抑是她自己做的？關於這件事情，一直到現在我還不知道。當她唱

這曲歌的時候，我祇感覺得她的音調是激亢而顫動的，就同她的全身，全血管，全心靈都顫動一樣，的確是一種最能感人的顫動。她的情緒爲悲憤所激蕩着了，她的滿腔似乎充滿了悲憤的浪潮。我也說不清楚我聽了她這曲歌的時候，我是對於她表同情的，還是對於她生討厭心的，因爲我聽的時候，我一方面爲她的悲憤所感動，而一方面我又覺得這種悲憤是不應當的。我雖然是 個窮苦的流浪的文人，對於這個世界，所謂惡濁的世界，十分憎恨，然而我却不想離開牠，我對於牠有相當的光明的希望。……

我起初是在外面包飯吃的，這種包飯不但價錢大，而且並不清潔，我甚感覺得這一種不方便。後來過了一些時，我在淑君的家裏混熟了，先前客氣的現象漸漸沒有了，我與淑君也多有了接近和談話的機會。有一天，淑君的母親向我說道：

——陳先生！我看你在外邊包飯吃太不方便了，價錢又高又不好。我久想向你說，就是如

果你不嫌棄我們家的飯菜不好，請你就搭在我們一塊兒吃，你看好不好呢？

——呵 這樣很好，很好，正合我的意思！從明天起，我就搭在你們一塊兒吃罷。多少錢一月隨便你們算。——我聽了淑君的母親的提議，就滿口帶笑地答應了。這時淑君也在旁邊，向我微笑着說道：

——恐怕陳先生吃不來我們家裏的飯菜呢。

——說哪裏話！你們能够吃，我也就能夠吃。我什麽飯菜都吃得來。……

淑君聽了我的話，表示一種很滿意的神情，在她的這一種滿意的神情下，她比普通的時候要嫵媚些，我不知道淑君的母親的這種提議，是不是經過淑君的同謀，不過我敢斷定淑君對於這種提議是十分贊成的。也許多情的淑君體量我在外包飯吃是不方便的事情，也許她要與我更接近些，每天與她共棹子吃飯，而遂聳恿她的母親向我提議。……到了第二天我就開始與淑

君的家人們一塊兒共棹吃飯了。每當吃飯的時候，如果她在家，她一定先將我的飯盛好，親自喊我下樓吃飯。我的衣服破了，或是什麼東西需要縫補的時候，她總爲我縫補得好好地。她待我如家人一樣，這不得不令我深深地感激她，然而我也祇限於感激她，並沒曾起過一點愛她的心理。唉！這是我的罪過，現在懺悔已經遲了！天呵！如果淑君現在可以復生，我將拚命地愛她，以補償我過去對於她的薄情。……

我與淑君漸漸成爲很親近的人了。她時常向我借書看，並問我關於國家，政府，社會種種問題。可是她對於我總還有一種隔膜，——她不輕易進我的房子，有時她進我的房子，總抱着她的小姪兒一塊，略微瞟看一下，就下樓去了。我本想留她多坐一忽，可是她不願意，也許是因爲要避嫌疑罷。我說一句實在話，我對於她，也是時常在謹慎地避嫌疑：一因爲我是一個單身的少年，二也因爲我怕同她的關係太弄得密切了，恐怕要發生糾纏不可開交，——最近淑君的母

親對我似乎很留意，屢屢探問我為什麽不娶親……她莫非要我當她的女婿麽？如果我愛淑君，那我當她的女婿也未始不可，可是我不愛淑君，這倒怎麽辦呢？是的，我應當不與淑君太過於親近了，我應當淡淡地對待淑君。

一天下午，我從外邊回來，適值淑君孤自一個人在樓底下坐着做針線。她見着我，也不立起來，祇帶着笑向我問道：

——陳先生！從什麽地方囘來呀？

——我到四馬路買書去了，看看書店裏有沒有新書。你一個人在家裏嗎？他們都出去了？

——是的，陳先生，他們都出去了，祇留下我一個人看家。

——那嗎，你是很孤寂的了。

——還好。陳先生！我問你一個人，——她的臉色有點泛紅了，似乎有點不好意思的樣子。——你可知道嗎？

——你問的是哪一個人，密斯章？也許我會知道的。

——我問的是一個著名的文學家，他的名字叫做陳季俠。——她說這話的時候，臉更覺得紅起來了。她的兩隻大眼帶着審問的神氣，祇筆直地望着我。我聽到陳季俠三個字，不禁吃了一驚，又加之她望我的這種神情，我也就不自覺地兩耳發起燒來了。我搬進淑君家裏來的時候，我祇對他們說我姓陳，我的名字叫做陳雨春，現在她從哪裏曉得我是陳季俠呢？奇怪！奇怪！……我正在驚異未及回答的當兒，她又加大她的笑聲向我說道：

——哈哈！陳先生！你眞厲害，你眞瞞得緊呵！同住了一個多月，我還不知道你就是大名鼎鼎的文學家陳季俠！我今天才知道了你是什麼人，你，你難道不承認嗎？

——密斯章，你別要弄錯了！我是陳雨春，並不知道陳季俠是什麼人，是文學家還是武學家。我很奇怪你今天……

——這又有什麼奇怪！——她說着說着從懷裏掏出一封信來給我看。——我有憑據在此，

你還抵賴嗎?哈哈!……陳先生!你爲什麼要瞞着我呢?……其實,我老早就懷疑你的行動……

我看着抵賴不過,於是我也就承認了。這是我的朋友H君寫給我的信,信面上是書着"陳季俠先生收"在淑君面前,我就是抵賴,也是不發生效力的了。淑君見我承認了,臉上不禁湧現出一種表示勝利而愉快的神情。她這時祇痴呆地,得意地向我笑,在她的笑口之中,我即時又注意到她的一副白玉般的牙齒了。

——你怎麼知道陳季俠是一個文學家呢?——過了半晌,我又向她微笑地問道:——難道你讀過我的書嗎?

——自然囉!我讀過了你的大作,我不但知道你是一個文學家,並且知道你是一個革——命——黨——人!是不是?

——不,密斯章!我不配做一個革命黨人,像我這麼樣的一個人也配做革命黨人嗎?不,不,密斯章!……呵!對不起!到現在我還不知道你的芳名呢。今天你能夠告訴我嗎?

——什麼芳名不芳名！——她的臉又紅起來了。——像我這樣人的名字，祇可稱之爲賤名罷了。我的賤名是章淑君。

——呵，好得很！淑君這個名字雅而正得很，實在與你的人相配呢！ …

我還未將我的話說完，淑君的嫂嫂抱着小孩進來了。她看見我倆這時說話的神情，不禁用很猜疑的眼光，帶着微笑，向我倆瞟了幾眼，這逼得我與淑君都覺得難爲情起來。我只得勉力地同她——淑君的嫂嫂——搭訕幾句，又同她懷裏的小孩逗了一逗之後，就上樓來了。

在這一天晚上，一點兒看書做文的心事都沒有，滿腦子湧起了胡思亂想的波浪：糟糕！不料這一封信使她知道了我就是陳季俠。……她知道我是革命黨人，這會有不有危險呢？不至於罷，她決不會有不利於我的行爲。…… 她對於我似乎很表示好感，爲我盛飯，爲我補衣服，處處體諒我……她眞是對我好，我應當好好地感激她，但是，但是……我不愛她，我不覺得她可愛。

…… 濃眉，大眼，粗而不秀…… 我不愛她……但是她對我的態度眞好！……

一輪皎潔晶瑩的明月高懸在天空，煩噪龐大的上海漸漸入於夜的沉靜，濛濛地浸浴於明月的光海裏。時候已是十一點多鐘了，我還是伏在窗口，靜悄悄地對着明月痴想。秋風一陣一陣地拂面，使我感到涼意，更引起了我無涯涘的遐思。我思想到我的身世，我思想到我要創造的女性，我思想最多的是關於淑君那一首常唱的歌，及她現在待我的深情。我也莫明其妙，爲什麼我這時是萬感交集的樣子。不料淑君這時也同我一樣，還未就寢，在樓底下彈起琴來了。在寂靜的月夜，她的琴音比較清澈悠揚些，不似白日的高亢了。本來對月遐思，萬感交集的我，已經有了一種不可言喩的情緒，現在這種情緒又被淑君的琴絃牽蕩着，眞是更加難以形容了。

我凝神靜聽她彈的是什麼曲子，不料她今夜所彈的，爲我往日所從未聽見過的。由音調內所表現的情緒與往日頗不相同。最後我聽她一

邊慢彈一邊低廻地唱道：

一輪明月好似我的心，

我的心兒賽過月明；

我的心，我的心呵！

我將你送與我的知音。

呵，我眞慚愧！淑君的心眞是皎潔得如同明月似的，而我竟無幸福來接受牠。淑君錯把我當成她的知音了！我不是她的知音，我不曾接受她那一顆如同明月似的心，這是她的不幸，這是我的愚蠢！我現在覺悟到我的愚蠢，但是過去的事情是已經不可挽回的了！我祇有悲痛，我祇有懺悔！……

夜深了，淑君的歌聲和琴聲也就寂然了。她這一夜入了夢沒有？在夢中她所見到的是些什麼？她知不知道當她彈唱的時候，我在樓上伏着窗口聽着？……關於這些我都不知道。至於我呢，我這一夜幾乎沒有合眼，總是翻來覆去地睡不着。這並不是完全由於淑君給了我以很深的刺激，而半是由於多感的我，在花晨月夕的時

候，總是這樣地弄得神思不定。

三

從這天以後，淑君對我的態度更加親熱了，她到我樓上借書和談話的次數也多起來了。有一次她在我的書架上翻書，我在旁邊靠近她的身子，指點她哪一本書可看，哪一本書無大意思等等，在我是很自然的，絲毫沒有別的念頭，但是我覺得她愈與我靠近些，她的氣息愈加緊張起來，她的血流在發熱，她的一顆心在跳動，她的說話的聲音很明顯地漸漸由於不平靜而緊促了。我從未看見過她有今天的這般的神情，這弄得我也覺得不自安了，——我漸漸離開她，而

在我的書桌子旁邊坐下，故意地拿起筆來寫字，想藉此使她恢復平靜的狀態，緩和她所感到的性的刺激。不料我這麼一做，她的臉上的紅潮更加緊張起來了。她張着那兩隻此時充滿着熱情的大眼，很熱摯地注視了我幾次，這使得我不敢抬頭回望她；她的兩唇似乎顫動了幾次，然終於未張開說出話來。我看見了她這種樣子，不知做何種表示才好，祇得低着頭寫字。忽然我聽到她嘆了一聲長氣，——這一聲長氣是埋怨我的表示呢，還是由於別的？這我可不曉得了。

她還是繼續地在我的書架上翻書，我佯做只顧寫字，毫不注意她的樣子。但是我的一顆心祇是上下跳個不住，弄得我沒有力量把牠平靜起來。這種心的跳動，不是由於我對於淑君起了性的衝動，而是由於懼怕。我生怕我因為一時的不謹慎，同淑君發生了什麼關係，以至於將來弄得無好結果。倘若我是愛淑君的，我或者久已向她為愛情的表示了，但是我從沒有絲毫要愛她的感覺，我雖然不愛她，但我很尊重她，我不願

意，而且不忍因一時性慾的衝動，遂犯了玷汚淑君處女的純潔的行爲。

——陳先生！我拿兩本書下去看了…——她忽然急促地說了這一句話，就轉過身子跑下樓去了，連頭也不回一下。她下樓去了之後，我的一顆跳動的心漸漸地平靜下來了，如同卸了一副重担。但是我又想道：我對她的態度這樣冷淡，她恐怕要怨我薄情罷？但是這又有什麼辦法呢？我怎麼能夠勉強地愛她？……淑君呵！請你原諒我！

時間雖過得迅速，而我對於淑君始終沒有變更我原有的態度。淑君時常故意引起我談到戀愛問題，而我總是敷衍，說一些我要守獨身主義，及一個人過生活比較自由些……一些混話。我想藉此隱隱地杜絕她對於我的念頭。她又時常同我談到一些政治的問題上來，她問我國民黨爲什麼要分左右派，女子應否參加革命，……我也不過向她略爲混說幾句，因爲我不願意露出我的眞的政治面孔來。唉！我欺騙她了！我日

夜夢想着過滿意的戀愛的生活，說什麼守獨身主義，這豈不是活見鬼嗎？我雖然是一個流浪的文人，很少實際地參加過革命的工作，但我究竟自命是一個革命黨人呵，我爲什麼不向淑君宣傳我的主義呢？……唉！我欺騙淑君了！

我的窗口的對面，是一座醫院的洋房，牠的周圍有很闊的空場，空場內有許多株高大的樹木。當我初搬進我現在住的這間房子時，醫院周圍的樹木的綠葉森森，幾將醫院的房子都掩蔽住了。可是現在我坐在書桌子旁邊，眼睜睜地看見這些樹木的枝葉由青鬱而變爲萎黃，由萎黃而凋零了。時間眞是快的很，轉眼間我已搬進淑君的家裏三四個月了。在這幾個月之中，我的孤獨的生活很平靜地過着，同時，我考察淑君的生活，也沒有什麼大的變更。我們是很親熱的，然而我們又是很疎遠的，—— 每日裏除了共棹吃飯，隨便談幾句而外，她做她的事，我做我的事。她有時向我說一些悲觀的話，說人生沒有意思，不如死去干淨……我知道她是在爲着我而痛苦

着，但我沒有方法來安慰她。

這是一天晚上的事情。淑君的嫂嫂和母親到親家裏去了，到了六點多鐘還未回來，弄得晚飯沒有人燒煮。我躺在樓上看書，肚子餓得枯裏枯魯地響，不得已走下樓來想到街上買一點東西充充饑。當我走到廚房時，淑君正在那兒彎着腰吹火燒鍋呢。平素的每日三餐，都是由淑君的嫂嫂燒的，今天淑君親自動手燒飯，她的不熟練的樣兒，令我一看就看出來了。

——密斯章，你在燒飯嗎？

——是的，陳先生！嫂嫂不知爲什麼現在還沒有回來。你恐怕要餓煞了罷？——她立起身笑着這樣問我。我看她累得可憐，便也就笑着向她說道：

——太勞苦你了！我來幫助你一下好不好？

——喂！燒一點飯就勞苦了，那嗎一天到晚拖黃包車的怎麼辦呢？那在工廠裏每天不息地做十幾個鐘頭工的怎麼辦呢？陳先生！說一句良心話，我們都太舒服了。……

——喂！密斯章！聽你的口氣，你簡直是一個很激烈的革命黨人了。……我們放舒服些還不好嗎？……

——陳先生！我現在以爲這種舒服的生活，眞是太沒有味道了！陳先生！你曉得嗎？我要去……去……——她的臉紅起來了。我聽了她的話，不禁異常驚異，她簡直變了，我不等她說完，便向她問道：

——你要去，去幹什麼呢？

——我，我 ——她表現出很羞澀的態度。——我要去革命去，……陳先生你贊成嗎？……我想這樣地平淡地活着，不如轟轟烈烈地死去倒有味道些。陳先生！你看看怎樣呢？你贊成嗎？

——喂！密斯章！當小姐不好，要去革命幹什麼呢？我不敢說我贊成你，倘若你的父母曉得了，他們說你受了我的宣傳，那可是不好辦了。密斯章！我勸你還是當小姐好呵！

——什麼小姐不小姐！——她有點微怒了。

——陳先生！請你別要向我說這些混話了。人家向你規規矩矩地說正經話，你却向人家說混話，打鬧……

——呵！請你別生氣！我再不說混話就是了。——我向她道歉地這樣說道：——那嗎，你眞要去革命嗎？

——不是眞的，還是假的嗎？——她回頭望望灶口內的火，用手架一架柴火之後，又轉過臉向我說道：——再同你說話，火快要滅了呢。你看晚飯將要吃不成了。

——去革命也不錯。——我低微地這樣笑着說了一句。

——陳先生！你能夠介紹我入黨嗎？我要入黨……

——你要入什麼黨？

——革命的黨……

——我自己不屬於任何黨，爲什麼能介紹你入黨呢？

——你別要騙我了！我知道你是的……你

莫不是以為我不能革命嗎?

——密斯章!不是這樣說法。我眞是一個沒有黨的人!

——哎!我曉得!我曉得!你不願意介紹我算了,自然有人介紹我。我有一個同學的,她是的,她一定可以介紹我!——她說這話時,一面帶着生氣,一面又表示一種高傲的神氣。

——那嗎,好極了……

我剛說了這一句,忽聽後門"砰!砰!……"有人敲門,我遂走出廚房來開後門,却是淑君的母親回來了。她看見是我開的門,連忙問我淑君在不在家,我說淑君在廚房裏燒飯。

——呵,她在燒飯嗎?好,請你告訴她,叫她趕快將飯燒好,我到隔壁打個轉就回來。——淑君的母親說着說着,又掉轉頭帶着笑走出去了。我看見她這種神情,不禁暗地想道:"也不知這個老太婆現在想着什麼心事呢。她或者以為我是與她的女兒說情話罷?她為什麼回來又出去了?讓機會嗎?……"我不覺好笑。

我重新走進廚房，將老太婆的話報告淑君，淑君這時坐在小凳子上，兩眼望着灶口內的火，沒有則聲。我這時想起老太婆的神情，反覺得不好意思起來，隨便含混說幾句話，就走上樓來了。我上了樓之後，一下倒在床上躺着，兩眼望着黑影迷濛中的天花板，腦海裏鼓蕩着一個疑問："爲什麼淑君的思想現在變到了這般地步呢？……"

從這一次談話之後，我對於淑君更加敬佩了，她原來是一個有志氣的，有革命思想的女子！我本想照實地告訴她我到底是一個什麼人，可是我怕她的父母和兄嫂知道了，將有不便。他們聽見革命黨人就頭痛，時常在我的面前咒罵革命黨人是如何如何地不好，我也跟着她們附和，表示我也是一個老成持重的人。淑君有時看着我附和他們，頗露出不滿的神情，可是有時她就同很明白我的用意似的，一聽着我說些反革命話時，便對我默默地暗笑。

現在淑君是我的同志了，然而我還是不愛

她。有時我在淑君看我的眼光中，我覺察出她是深深地在愛我，而同時又在無可如何地怨我。我覺察出來這個，但是我有什麽方法來避免呢？我祗得佯做不知道，使她無從向我公開地表示。我到底爲什麽不會起愛淑君的心呢？她有什麽不好的地方？我到現在也還說不清楚。也許是因爲她不美的原故罷？也許是的。如果單單是因爲這個，唉！那我不愛她簡直是罪過呵！

我漸漸留心淑君的行動了。往時逢星期日和每天晚上，她總是在家的，現在却不然了：星期日下午大半不在家；晚上呢，有時到十一二點鐘才回來。她向家裏說，這是因爲在朋友家裏玩，被大家攀住了，是不得已的。因爲她素來的行爲很端正，性情很和順忠實，她的家裏人也就不十分懷疑她。可是我看着淑君的神情，——照着她近來所看的關於主義的書報，及她對我所說的一些話，我就知道她近來是在做所謂秘密的革命的工作。我暗暗地對她慚愧，因爲我雖然是自命爲一個革命黨人，但是我浪漫性成，不慣

於有秩序的工作，對於革命並不十分努力。唉！說起來，我眞是好生慚愧呵！也許淑君看着我這種不努力的行爲，要暗暗地鄙視我呢。

一個人的思想和行爲之變遷，眞是難以預定。當我初見着淑君的時候，她的那種極普通的，樸實而謹愼的性格，令我絕對料不到她會有今日。但是今日，今日她已經成爲一個所謂“危險的人物”了。

四

轉眼間已是北風瑟瑟，落葉蕭蕭，寒冬的天氣了。近來飄泊海上的我，越發沒有事做，因爲S大學犯了赤化的嫌疑被封閉了，我的教職也就因之停止了。我是具有孤僻性的一個人，在茫茫的上海，我所交接的，來往的朋友並不多，而在這不多的朋友之中，大半都是所謂危險的分子，他們的工作忙碌，並沒有許多閒工夫同我這種閒蕩的人周旋。除了極無聊，極煩悶，或是我對於政局有不了解的時候，我去找他們談談話，其餘的時候，我大半一個人孤獨地閒蕩，或在屋

裏過着枯寂的讀書做文的生活。淑君是我的一個談話的朋友，但不是一個很深切的談話的朋友，這一是因爲我不願意多接近她，免得多引起她對於我的愛念，二也是因爲她並不能滿足我談話的慾望。她近來也是一個忙人了，很少有在家的時候，就是在家，也是手裏拿着書努力地讀，我當然不便多煩擾她。她近來對於琴也少彈了，歌也少唱了；有時，我眞感謝她，偶爾聽着她那悠揚而不哀婉的琴聲和歌聲，我竟爲之破除了我的枯寂的心境。

「淑君近來對我的態度似乎恬靜了些。我有時偸眼瞟看她的神情，動作，想探透她的心靈，但是當她的那一雙大眼閃灼着向我望時，我卽時避開她的眼光，——唉！我眞怕看她的閃灼的眼光！她的這種閃灼的眼光一射到我的身上時，我似乎就感覺到："你說！你說！你這薄情的人！你爲什麼不愛我呢？……"這簡直是對我的一種處罰，令我不得不避免牠。但是迄今我回想起來，在她的那看我的閃灼的眼光中，她該給了我

多少誠摯的愛呵！領受到女子的這種誠摯的愛的人，應當是覺得很幸福的，但是我當時極力避免牠……唉！我，我這蠢材！在今日隱忍苟活的時候，在這一間如監獄以的，鳥籠子似的小房子裏，有誰個再用誠摯的愛的眼光來看你呢？唉！我，我這蠢材！……

在汽車馳驅，人跡紛亂的上海的各馬路中，A馬路要算是很清淨的了。路兩旁有高聳的，整列的白楊樹；所有的建築物，大半都是稀疏的，各自獨立的，專門住家的，高大的洋房，牠們在春夏的時候，都爲叢叢的綠陰所包圍，充滿了城市中別墅的風味。在這些洋房內居住的人們，當然可以想像得到，不是我們本國的資本家和官僚，即是在中國享福的洋大人。至於飄零流浪的我，雖然也想像到這些洋房內佈置的精緻，裝璜的富麗，以及內裏的人們是如何地快樂適意……但是我就是做夢，也沒曾想到能够在裏邊住一日。我只有在外邊觀覽的幸福。

一日午後，覺得在屋內坐着無聊已極，便走

出來沿着A路散步。迎面的刺人的西北風吹得我抬不起頭來，幸而我身上着了一件很破的，不值錢的羊皮袍，還可以抵當寒氣。我正在俯首思量"洋房與茅棚"，"穿狐皮袭的資本家與衣不蔽體的乞丐"……這一類的問題的當兒，忽然我聽得我的後邊有人喊我：

——季俠！

我回頭一看，原來是半年不見的俞君同他的一位女友。俞君還是與從前落拓的神情一樣，沒曾稍改，他這時身穿着藍布面的黑羊皮袍，頭上帶一頂俄國式的絨帽，看來好像是一位商人。他的女友，呵！他的女友實令我驚奇！這是一位異常華麗豐艷的女子：高高的身材，豐腴白淨的面龐，硃紅似的嘴唇，一雙秋水盈盈，秀麗逼人的眼睛，——就是這一雙眼睛就可以令人一見消魂！她身穿着一件墨綠色的花緞旗袍，頸項上圍着一條玫瑰色的絨巾，種種襯托起來，她好像是一株綠葉豐饒，花容煥發的牡丹。我瞧視了她一下，不禁暗暗地奇怪俞君，落拓的俞君，居然

交接了這麼樣一個女友……

——這就是我向你說過的陳季俠先生，——俞君把我介紹與她的女友後，又轉而向我說道：——這是密斯黃，是我的同鄉。

——呵呵！……——我又注視了她一下，她也向我打量一番。

——季俠！這樣冷的天氣，你一個人在這兒走着幹什麼呢？

——沒有什麼，閒走着。你幾時從C地回上海的？

——回來一個多禮拜了，我一到上海就想看你，可是不知你到底住在什麼地方。你住在什麼地方？

——離此地不遠。可以到我的屋裏坐一坐嗎？

——不，季俠，天氣怪冷的，我想我們不如同去吃一點酒，吃了酒再說，好不好？——俞君向我說了之後，又轉過臉笑吟吟地向他的女友問道：——密斯黃！你贊成嗎？

——贊成，—— 密斯黃帶笑地點一點頭。

於是我們三人一同坐黃包車來到大世界隔壁的一家天津酒館。這一家酒館是我同兪君半年前時常照顧的，雖不大，然而却不煩雜，菜的味道也頗合口。矮而胖的老板見着我們老主顧到了，額外地獻殷勤，也許是因爲密斯黃的力量値得他這樣的罷？

我們隨便點了幾碗菜，就飲起酒來。肺癆症的兪君還是如從前一樣地豪飲，很坦然地毫不顧到自身的健康。豐腴華麗的密斯黃飲起酒來倒令我吃驚，她居然能同我兩個酒鬼比賽。她飲了幾杯酒之後，她的兩頰泛起桃色的紅暈，更顯得嬌艷動人。我暗暗地爲兪君高興，"好了！好了！你現在居然得到這麼樣的一個美人……幸福得很！……"但我同時又替他担憂："呵！你這個落拓的文人，你要小心些！你怎麼能享受這麼樣的帶有富貴性的女子呢？……"

但是當我一想到我的自身時，不禁深深地長嘆了一口氣：流浪的我到現在還沒有遇到一

個愛我的，如意的女子，說起來，眞是令我好生慚愧！像兪君這樣落拓的人，也居然得到了這麼樣的一個美人；而我……唉！我連兪君都不如！……如果淑君是一個美麗的女子，那我將多麼榮幸呵！但是她，她引不起我的愛情來……唉！讓我孤獨這一生罷！……我越想越牢騷，我的臉上的血液不禁更爲酒力激刺得發熱，而劇烈地泛起紅潮來了。

在談話中，我起初問起C地的情形，兪君表示深切的不滿意，他說，什麼革命不革命，簡直是胡鬧，革命這樣革將下去，簡直一千年也沒有革好的希望！他說，什麼左右派，統統都是投機，都是假的……我聽了兪君的這些話，一方面驚佩他的思想激烈，一方面又想像到那所謂革命的根據地之眞實的情形。關於C地的情形，我是老早就知道的，今天聽到這位無黨派的兪君的話，我更加確信了。我對於革命是抱樂觀的人，現在聽了兪君的這種失意的，悲觀的敘述，我也不禁與他同感了。

我們談到中國文壇的現狀，又互相詢問各人近來有沒有什麼創作。我們越飲興致越濃，興致越濃，越談到許多雜亂無章的事情。我是正苦於過着枯寂生活的人，今天忽遇着這個好機會，不禁飲得忘形了。更加在座的密斯黃的秀色爲助飲的好資料，令我暗暗地多飲了幾杯，視酒如命的俞君，當然興致更濃了。

——今天可惜密斯鄭不在座，——俞君忽然向密斯黃說道：——不然的話，我們今天倒更有趣些呢！

——君實，說的哪一個密斯鄭？——我插着問。

——是密斯黃的好朋友，人是非常好的一個人。——俞君說到此地，又轉過臉向着密斯黃說道：——密斯黃！我看密斯鄭與陳先生很相配，我想把他倆介紹做朋友，你看怎麼樣？我看的確很相配……

難道說陳先生還沒有……？——密斯黃用她的秀眼瞟一瞟我，帶着笑向俞君這樣很含蓄

地說道:——若是陳先生願意,這件事情我倒很願意幫忙的。

我覺得我的面色更加紅起來了。好湊趣的俞君,聽了密斯黃的話,便高興得鼓起掌來,連聲說道:"好極了!好極了!……"在這一種情景之下,我不知向他們說什麼話是好。我有點難爲情,只是紅着臉微笑。但是我心裏却暗暗地想道:"也許我這一次要遇着一個滿意的女子了!也許我的幸運來了,……照着他倆的語氣,這位密斯鄭大約是不錯的。……"我暗暗地爲我自己歡喜,爲我自己慶祝。在這時我不願想起淑君來,但是不知爲着什麼,淑君的影子忽然閃到我的腦海裏:她睜着兩隻大眼,放出閃灼的光,只向我發怒地望着,隱約地似乎在駡我:"你這蠢材!你這不分皂白,不知好歹的人,放着我這樣純潔地愛你的人不愛,而去亂愛別人,你眞是在製造罪過呵!……"我覺着我的精神上無形地受了一層嚴厲的處罰。

——那嗎,密斯黃!——俞君最後提議道:

——我們明天晚上在東亞旅館開一間房間，把密斯鄭請到，好使陳先生先與她認識一下。

密斯黃點點頭表示同意，我當然是不反抗的。到這時，我們大家都飲得差不多了，於是會了賬，我們彼此就分手，——俞君同他的女友去尋人，我還是孤獨地一個人回到自己的屋裏，靜等着踐明天晚上的約會。我進門的時候，已經是六點多鐘了，淑君同她的家人正在吃晚飯呢。淑君見着我進門，便立起身來問我是否吃過飯，我含混地答應一句吃過了，但是不知怎的，這時我怕抬起頭來看她，我的一顆心祇是跳動，似乎做了一件很對不起她的事。

——陳先生！你又吃酒了罷？——淑君很唐突地問我這一句。

——沒……沒有……

我聽了淑君的話，我的內心更加羞愧起來，即刻慌忙地跑上樓來了。平素我吃多了酒的時候，倒在床上即刻就會睡着的，但是今晚却兩樣了：我雖然覺得醉意甚深，周身疲倦得很，但總

是輾轉地睡不着。"密斯黃眞是漂亮，然而帶有富貴性，不是我這流浪人所能享受的。……密斯鄭不知到底怎樣？……也許是不錯的罷？呵！反正明天晚上就可以會見她了。……淑君？唉！可憐的淑君！……"我總是這樣地亂想着，一直到十二點多鐘還沒有合眼。寒冷的月光放射到我的枕邊來，我緊裹着被蓋，側着頭向月光凝視着……

五

在上海，近來在旅館內開房間的風氣，算是很盛行的了。未到過上海的人們，總都以爲旅館是專爲着招待旅客而設的，也祇是旅客才進旅館住宿。可是上海的旅館，尤其是幾個著名的西式旅館，却不合乎這個原則了：牠們近來大部分的營業是專靠本住在上海的人們的照顧。他們以旅館爲娛樂場，爲交際所，爲軋姘頭的陽台……因爲這裏有精緻的綳絲床，有柔軟的沙發，有漂亮的棹椅，有清潔的浴室，及招待周到的僕役。在一個中產家庭所不能設備的，在這裏都

應有盡有，可以說是無所不備，因之幾個朋友開一間房間，而藉以爲談心聚會的地方，這種事情是近來很普通的現象了。

不過窮苦的我，却不能而且不願意多進入這種場所。手中寬裕些而好揮霍的兪君，却時常幹這種事情。他爲着要介紹密斯鄭同我認識，不惜在東亞旅館開了一間價錢很貴的房間，這使我一方面很樂意，很感謝他的誠心，但我一方面又感覺着在這類奢華的環境中有點不舒服。這也許是因爲我還是一個鄉下人罷，……我很奇怪，當我每進入到裝璜精緻，布置華麗的樓房裏，我的腦子一定要想到黃包車夫所居住的不蔽風雨的草棚及汚穢不堪的貧民窟來。在這時我不但不感覺到暢快，而且因之感覺到一種懲罰。我知道我的這種習慣是要被人譏笑的，但是我沒有方法把牠免除掉。……

我們的房間是開在三層樓上。當我走進房間時，兪君和兩位女友——一個是密斯黃，其她一個是密斯鄭無疑。——已經先到了。他們正圍

着一張被白布鋪着的圓桌子談話，見我進來了，便都立起身來。兪君先說話，他責我來遲了，隨後他便爲我們彼此介紹了一下。介紹了之後，我們就了座，也就在我就坐的當兒，我用力地向密斯鄭瞟了一眼，不料我倆的目光恰相接觸，不禁兩下即刻低了頭，覺着有點難爲情起來。

這是一個很樸素的二十左右的女子。她的服裝——黑緞子的旗袍——沒有密斯黃的那般鮮艷；她的頭髮蓬鬆着，不似密斯黃的那般光潤；她的兩眼放着很溫靜的光，不似密斯黃的那般清俐動人；她的面色是帶有點微微的紫黑色的，若與密斯黃的那般白淨而紅潤的比較起來，那簡直不能引人注目了。她的鼻梁是高高的，嘴唇是厚的，牙齒是不潔白的，若與淑君的那副潔白而整飭的牙齒比較起來，那就要顯得很不美麗了。總而言之：這是一個很樸素的女子，初見時，她顯現不出她有什麼動人的特色來。但是你越看她久時，你就慢慢地覺得她可愛了：她有一種自然的樸素的美；她的面部雖然分開來沒有

動人的處所，但是整個的却很端整，配置合宜；她的兩頰是很豐滿的，這表現她不是一個薄情相；她的態度是很自然而溫厚的，沒有浮燥的表現；她的微笑，以及她說話的神情，都能顯露出她的天眞的處女美來。

兪君在談話中極力稱譽我，有時我覺着他稱譽太過度了，但是我感激他，因爲他的稱譽，我可以多博得密斯鄭的同情。我覺着她不斷地在瞟看我，我覺着她對我已經發動了愛的情苗了。這令我感覺得異常的愉快和幸福，因爲我在繼續的打量之中，已經決定她是一個很可愛的姑娘，並以爲她對於我，比密斯黃還可愛些。在我的眼光中，密斯黃雖然是一個很美麗的女子，然太過於豐艷，帶有富貴性，不如密斯鄭的樸素的美之中，含有很深厚的平民的風味。所以我初見密斯黃的時候，我只驚異她的美麗，但不曾起愛的念頭，但今日一見着密斯鄭的時候，我即覺得她有一種吸引我的力量。我愛上她了！……

——密斯鄭是很革命的，而陳先生又是一

個革命的文學家，我想你們兩個人一定是很可以做朋友的。——兪君說。

——陳先生！玉弦很佩服你，你知道嗎？我把你的作品介紹給她讀了之後，她很贊嘆你的志氣大，有作爲……——密斯黃面對着我這樣說，我聽了她的話，心中想道："原來她現在才知道我的……"

——我與玉弦是老同學，——密斯黃又繼續說道：——多年的朋友，我知道她的爲人非常好。我很希望你們兩個人，陳先生，做一對很好的朋友，並且你可以指導她。

——呵呵……我不好意思多說話。我想同密斯鄭多談一些話，可是她總是帶笑地，或者也可以說是痴愚地緘默着，不十分大開口。我當然不好意思硬逼着同她多談話，因爲第一次見面，大家還是陌生，還是很隔膜的。我祇覺得她偸眼瞟看我；而我呢，除開偸眼瞟看她而外，不能多有所親近。在明亮的燈光的底下，我可以說我把她細看得很清楚了。我越看她，越覺得她的樸素

的美正合我的心意。我總以為外貌的神情是內蘊的表現，因之我就斷定了密斯鄭的外貌是如此，她的內心也應當如此，我不知不覺地把她理想化了，我以為她的確是一個值得為我所愛的姑娘。但是，我現在纔知道：若僅以外貌判斷人的內心，必有不可挽回的錯誤，尤其是對於女子…

我們輪流地洗了澡之後，——俞君最喜歡在旅館裏洗澡，他常說幾個朋友合起股來開一個房間洗澡，實比到浴室裏方便得多。——又是俞君提議叫茶房送幾個菜來大家飲酒，我很高興地附議，兩位女友沒有什麼表示。我暗暗地想道，是的，今天正是我痛飲的時候，我此時痛飲一番，不表示表示我的愉快，還待何時呢？……我想到此處，又不禁兩隻眼瞟看我的將來的愛人。

密斯鄭簡直不能飲酒，這有點令我微微地掃興，密斯黃的酒量是很大，一杯一杯地毫不相讓。在飲酒的時候，我藉着酒興，亂談到一些東西南北的問題，最後我故意提起文學家的命運

來。我說，東西文學家，尤其是負有偉大的天才者，大半都是終身過着潦倒的生活，遭逢世俗的毀謗和嫉妬；我說，我們從事文學的，簡直不能生做官發財的幻想，因爲做官發財是要妨碍創作的，古人說"詩窮而後工"是一句至理名言；我說，偉大的文學家應具有偉大的反抗精神……我所以要說起這些話的，是因爲我要探聽密斯鄭的意見。但她雖然也表示靜聽我的話的樣子，我却覺得她沒曾有深切的注意。我每次笑吟吟地徵詢她的意見，但她總笑而不答，倒不如密斯黄還有點主張。這眞有點令我失望，但我轉而一想，也許因爲她含羞帶怯的原故罷？……初次見面，這是當然的事情。……於是我原諒她，祇怪自己對於她的希望太大了，終把我對於她的失望遮掩下去。

等我們飲完酒的時候，已經是十一點多鐘了。俞君留在旅館住夜，他已是半醉了；我送兩位女友回到S路女學，——密斯鄭是S路女學的教員，密斯黄暫住在她的寓所——之後，還是

回到自己的家裏來。這時夜已深了，馬路上的寒風吹到臉上，就同被小刀刺着似的，令人耐受不得，幸而我剛飲過酒，酒的熱力能鼓舞着我徒步回來。

我的房東全家都已睡熟了。我用力地敲了幾下門，才聽得屋裏面有一個人問道："哪一個？"我答應道："是我。"接着便聽到客堂裏有替塔替塔的脚步聲。門縫裏閃出電燈的光了。

——是哪一個呀？——這是淑君的聲音。

——是我。

——是陳先生嗎？

——是的，是的。眞對不起得很……

我未將話說完，門已經呀的一聲開了。

——眞正地對不起的很，密斯章；這樣冷的天氣，勞你起來開門，眞是活有罪！……我進門時這樣很道歉地向她說，她睡態惺忪地用左手揉眼，右手關門，懶洋洋地向我說道：

——沒有什麼，陳先生。

我走進客堂的中間，藉着燈光向她仔細一

看：（這時她已立在我的面前），她下身穿着單薄的花褲，上身穿一件紅絨的短衫；她的胸前的兩個圓圓的乳峯躍躍地突出，這令我在一瞬間起了用手摸摸的念頭。說一句老實話，這時我已經動了肉感了。又加之燈光射在她的紅絨衫上而反映到她的臉上，弄得她的臉上蕩漾着桃色的波紋，加了她平時所沒有的美麗。她這時真有嫵媚可人的姿態了。我為之神馳了一忽：我想向前擁抱她，我想與她接吻……但是我終於止住我一時的感覺的衝動，沒有放蕩起來。

——陳先生！你又從什麼地方吃酒回來，是不是？——淑君很嫵媚動人地微笑着向我問道：——滿口都是酒氣，怪難聞的，你也不覺得難過嗎？

——是的，我今晚又吃酒了。——我很羞慚地回答她。

——陳先生！你為什麼這樣愛吃酒呢？你上一次不是對我說過，你不再吃酒了麼？現在為什麼又……？——她兩眼釘着我，帶着審問我的神

氣。我這時眞是十分羞愧，不知如何回答她是好。

——我也不知道我爲什麽這樣好吃酒……唉！說起來，眞是豈有此理呢！……

——酒吃多了是很傷人的，陳先生！……

她說這一句話時，內心也不知包藏着好多層厚的深情！我深深地感激她：除開我的母親而外，到如今從沒曾有這樣關注我的人。過慣流浪生活的我，很少能夠領受到誠摯的勸告，但是淑君却能夠這樣關注我，能夠給我以深厚的溫情，我就是鐵石心腸，也是要感激她的。但是我這渾蛋，我這薄情的人，我雖然感激她，但不曾愛她。今日以前我不曾愛她，今日以後我當然更不會愛她的了，因爲密斯鄭已經把我的一顆心拿去了，我已決定把我的愛交與密斯鄭了。

——密斯章，我眞感激你！從今後我總要努力聽你的勸告了。酒眞是害人的東西！——我很堅決地這樣說。

——我很希望你能聽我的話……

——呵！時候已經不早了，——我看一看表就驚異地說，——已經十二點多了。天氣這樣的冷，密斯章，你不要凍涼了才好呢。我們明天會罷！——我說了這幾句話，就轉過臉來預備走上樓去，走了兩步，忽又聽得淑君在顫動地叫我：

——陳先生！

——什麼，密斯章？——我反過臉來問她。

淑君低着頭沉吟了一下，不作聲，後來抬起頭來很羞澀地說道：——沒有什麼，有話我們明天再說罷……

我不曉得淑君想向我說的是一些什麼，但我這時感覺得她是很興奮的，她的一顆心是在跳動。也或者她喊我這一聲，想向我說道："陳先生！我……我……我愛你……你曉得嗎？……"如果她向我這樣表示，面對面公開地表示時，那我將怎麼樣回答她呢？我的天王爺！我真不知我將如何回答她！我如何回答她呢？愛她？或是說不愛她？或是說一些別的理由不充足的拒絕的話？…還好！幸而她終於停住了她要向我說

的話。

——我祝你晚安！——說了這一句話，我就很快地走上樓來了。在我初踏樓梯的時候，我還聽到淑君長嘆了一口氣。

六

窗外的冷雨凄凄，尖削的寒風從窗縫中吹進，浸得人毛骨聳然。舉目看看窗外，只見一片煙霧迷濛，整個的上海城沈淪於灰白色的死的空氣裏，這眞是令人易感多愁，好生寂寞的天氣。我最怕的是這種天氣；一遇到這種天氣時，我總是要感到無端的煩悶，什麽事都做不得。曾記得在中學讀書的時候，那時對這種天氣，常喜拿起筆來寫幾首觸景感懷的牢騷詩詞，但是現在，現在却沒有往昔那般的興致了。

淸早起來，兩眼向窗外一望，即感覺得異常

的不舒服。昨晚在東亞旅館會聚的情形尙縈廻於腦際，心中想道，今天若不是天陰下雨，我倒可以去看看密斯鄭……但是這樣天陰，下雨，眞是討厭極了！……我越想越恨天公的不做美，致我今天不能會着昨晚所會着的那個可愛的人兒。

吃過早餐後，我卽在樓下客堂與淑君的兩個小姪兒鬥着玩。淑君的母親到隔壁人家打麻雀去了，與淑君同留在家中的只有她的嫂嫂。淑君躺在籐椅子上，手裏拿着一本將來之婦女，在那裏很沉靜地看；她的嫂嫂低着頭爲着她的小孩子縫衣服。我不預備擾亂她們，倘若她們不先同我說話，那我將不開口。我感覺得淑君近來越發用功起來了，只要她有一點閒空，她總是把這一點閒空用在讀書上。幾月前她很喜歡繡花縫衣等等的女工，現在却不大做這些了。她近來的態度很顯然地變爲很沉默的了，——從前在吃飯的時候，她總喜歡與她的家人做無意識的辯論，說一些瑣屑而無味的話，但是現在她却很少有發言的時候。有時偶而說幾句話，可是在這幾

句話之中，也就可以見得現在的她與以前的不同了。

——陳先生！——淑君直坐起來，先開口向我說道：——你喜歡研究婦女問題嗎？有什麼好的關於婦女問題的書，請介紹幾本給我看看。

——我對於婦女問題實在沒有多大研究。——我微笑着這樣地回答她。——我以爲你關於這個問題比我要多知道一些呢。密斯章！你現在研究婦女問題嗎？

——說不上什麼研究不研究，不過想看看幾本書罷了。明天有個會……，——她看看她的嫂嫂，又掉轉話頭說道：——呵，不是，明天有幾個朋友，她們要求我做一篇"女子如何才能解放"的報告，我沒有辦法……——她的臉微微地紅起來了。

——女子到底如何才能解放呢？我很想聽聽你的意見。

——我的意見是，如果現在的經濟制度不推翻，不根本改造一下，女子永遠沒有解放的希

望……陳先生！你說是嗎？我以爲婦女問題與勞動問題是分不開的。……

——密斯章！我聽你的話，你的學問近來眞是很進步呢！你的意見完全是對的。現在的經濟制度不推翻，不但你們女子不能解放，就是我們男子又何嘗能得解放呢？

淑君聽了我的話，表現一種很滿意的神情，她的嫂嫂聽到我們說什麼"女子……""男子……"抬起頭來，很猶疑地看看我們，但覺得不大明白似的，又低下頭繼續她的工作了。今天的談話，眞令我驚異淑君的進步，——她的思想很顯然地是很清楚的了。

——現在的時局很緊急，——她沉吟半晌，又轉變了說話的對象。——聽說國民軍快要到上海了，你的意思是……？

——聽說是這樣的，——我很遲慢地回答她。——不過國民軍就是到了，情形會變好與否，還很難說呢。……

——不過我以爲，無論如何，總比現在要好

些！現在的時局簡直要人的命，活活地要悶死人！……這幾天聽說又在殺人罷？

——哼！……——我嘆了一口長氣。

天井內的雨越下越大了。我走到客堂門前，向天空一望，不禁很苦悶地嘆着說道：

——唉！雨又下得大了！這樣的天氣眞是令人難受呵！坐在屋裏，實在討厭！沒有辦法！

——陳先生！——淑君的嫂嫂忽然叫我一聲。

——什麼？……——我轉過臉來莫明其妙地望着她。她抬起頭來，暫時擱置她的工作，笑嘻嘻地向我說道：

——陳先生！我看你一個人怪不方便的，怪寂寞的，你爲什麼不討一個大娘子呢？討一個大娘子，有人侍候你，也有人談心了，那時多麼好呢！一個人多難熬呵！……

這時淑君聽見她嫂嫂說這些話，又向椅子上躺下，把臉側向牆壁，重新看起書來。我簡直不知如何答覆這個問題爲好，及見到淑君的神

情，我不覺更陷到很困難的境地。我正在爲難的當兒，恰好聽見有人敲門，我於是冒着雨跳到天井內開門。我將門開開一看時，不禁令我驚喜交集，呵，原來是密斯鄭！這眞是我所料不到的事情呵！我雖然一邊同她們談話，一邊心裏想着密斯鄭的身上，但總未想到她恰於這大雨淋漓的時候會來看我。她的出現眞令我又驚，又喜，又感激；在這一瞬間，我簡直把淑君忘却了。唉！可憐的淑君！……

——呵呵！原來是你！這樣大的雨……——我驚訝地這樣說。我只見得她雙手撑着雨傘，裙子被雨打濕了一半，一雙脚穿着的皮鞋和襪子，可以說是完全濕透了。她見我開了門，連忙走進客堂，將傘收起，跺一跺脚上的水，上氣接不到下氣，很急喘地向我說道：

——我，我出門的時候，雨是很小的，誰知剛走到你們這個弄堂的轉角，雨忽然大起來了。唉！眞是糟糕的很！你看，我渾身簡直淋漓得不像個樣子！

——呵呵！讓我來介紹一下：——這時淑君站起來了，兩眼只注視來人，面上顯然露出猶疑而失望的神情。——這是密斯章，這是密斯章的嫂嫂，這位是密斯鄭。

呵呵！密斯鄭……——淑君勉強帶着笑容地這樣說。我這時也顧不得淑君和她的嫂嫂是如何地想法，便一把將密斯鄭的雨傘接在手裏，向她說道：

——我住在樓上，請到我的房裏去罷！

這是密斯鄭第一次到我的房裏。她進我的房門的時候，向房內上下四周瞟看了一下，我也不知道她是否滿意於我房內的佈置，我沒有問她的意見。我請他坐在我的書桌旁邊的一張木椅子上，我自己面對着她，坐在我自己讀書寫字的椅子上。她今天又穿了一身黑色的服裝，姿態同昨天差不多，不過兩頰爲風吹得紅如兩朵芍藥一樣。

——今天我上半天沒有功課，——她開始說道——特爲來看看陳先生。出學校門的時候，

雨是下得很小的，不料現在下得這樣大。——她低頭看看自己的脚。——渾身濕得不成樣子。

——呵，這樣大的雨，勞你來看我，眞是有罪的很！……密斯黄還在學校裏嗎？

——她去找兪先生去了。

我們於是開始談起話來了。我先問起她的學校的情形，她同密斯黄的關係等等，她爲我述說了之後，又問起我的生活的情形，我告訴她，我是一個窮苦的，流浪的文人，生活是不大安定的。她聽了似乎很漠然，無所注意。我很希望她對於我的作品，我的思想，我的生活情形，有所評判，但她對於我所說的一些話，只令我感覺得她的思想很蒙混，而且對於時事也很少知道。論她的常識，那她不如淑君遠甚了。她的談話只表明她是一個很不大有學識的，蒙混的，不關心外事的小學教師，一個普通的姑娘。但是這時我爲所謂樸素的美所吸引住了，並不十分注意她的這些內的質量。我還以爲我倆初次在一塊兒談話，兩下都是很局促的，當然有許多言不盡意的

地方。因爲我愛上她了，所以我原諒她一切。……

"下這樣大的雨，她今天倒先來看我，可見得她對我是很有意思了。也好，我就在她的身上，解決我的戀愛問題罷，不解決眞是有點討厭呵！……她似乎也很聰明的樣子，我可以好好地教導她。……"我這樣暗暗地默想着，她今天這次冒雨的來訪，實在增加了我對於她的愛戀。我越看她越可愛，我覺得她是一個很忠實的女子，倘若她愛上我，她將來不致於有什麼變動。我所需要的就是忠實，倘若她能忠實地愛我，那我也就很滿足了，決不再起別的念頭。……如此，我以乎覺得我眞正地愛上她了。

我倆談了兩個多鐘頭的話。樓下的掛鐘已敲了十一下，她要回校去了；我邀她去到館子吃飯，可是她說下午一點鐘有課，恐怕躭誤了，不能去。我當然不好過於勉強她。當她臨行的時候，她說我不方便到她的學校裏去看她，因爲同事們要說閒話，如果她有空時，她就到我住的地

方來看我……我聽了她的話，不禁暗暗地有點奇怪："她是當先生的，有什麽不方便的地方？同事們說閑話？有什麽閑話可說？…… 呵！也罷，也許是這樣的。只要她能常常到我這兒來就好了。……"

我送她下樓，當我們經過淑君的身旁時，淑君還是斜躺在籐椅子上面，面向着牆壁看書，毫不理會我們，似乎完全不覺察到的樣子。這時她的嫂嫂在厨房裏燒飯。當我將密斯鄭送出門外，回轉頭來走到客堂時，淑君的嫂嫂連忙由厨房跑出來向我問道：

——她是什麽人？是你的學生還是你的……？

——不，不是，她不是我的學生，是我認識的一個朋友。——我很羞怯地這樣回答她。我暗暗斜眼瞟看淑君的動靜，她似乎沒有聽到我們說話的樣子。她連看我們也不看一下，這時我心中覺着有點難過，似乎有人在暗暗地責罰我。我想向淑君說幾句話，但是我說什麽話好呢？她這

時似乎在沉靜地看書，但是她眞是在看書嗎？……接着淑君的嫂嫂帶着審問的口氣又問我道：

——你的女朋友很多嗎？

——不，不，我沒有幾個女朋友……

——我告訴你，陳先生！女朋友多不是好事情，上海的女拆白黨多得很，你要當心些呵！……——說至此，她向淑君看一看，顯然露出為淑君抱不平的神情，我不禁也隨着她的眼光向淑君溜一下，看着她仍是不作聲地看書，連動都不一動。

——交女朋友，或是娶大娘子，——她又繼續地說道：——都是要檢有良心的，靠得住的，陳先生，你曉得嗎？漂亮的女子大半都是靠不住的呵！……——說完話，她即掉轉頭走向廚房去了。

她簡直是在教訓我，不，她簡直是在發牢騷，為淑君抱不平。我聽了她的話，不禁微微地有點生氣，但是沒有表示出來。我兩眼筆直地看着她走向廚房去了。我這時的情緒簡直形容不

出：是發怒？是慚愧？是羞赧？是……？我簡直一瞬間陷於木偶般的狀態，瞠目不知所言。過了半晌，我又掉轉頭來看看淑君，但是淑君還是繼續地在看書，一點兒也不理會我。我偶然間覺着難過極了！我想向她說幾句話，但是我找不出話來說，並且我不敢開口，我似乎覺着我是一個犯了罪過的罪犯，現在正領受着淑君的處罰，雖然這種處罰是沉默的，無形的，但是這比打罵還嚴厲些。我最後無精打彩地跑上樓來了。半點鐘以前，密斯鄭所給與我的愉快，安慰和幻想，到這時完全消沉下去，一縷思想的線只繞在淑君的身上，我也不明白這是因爲什麼，我自己覺得很奇怪：我對於淑君並沒有愛的關係，因之，對於她並不負什麼責任，爲什麼今天淑君的冷淡態度，能令我這樣地悵惘呢？……

一上了樓，我即直躺在床上，滿腦子亂想，不覺已到了吃中飯的時候。往時到了吃飯的時候，如果淑君在家，大半都由於淑君叫我下樓吃飯，但是今天却不然了“飯好了，下來吃飯呀，

陳先生！”這不是淑君的聲音了，這是淑君嫂嫂的聲音！爲什麼淑君今天不叫我了？奇怪！……我聽見不是淑君叫我吃飯的聲音，我的一顆心簡直跳動起來了。“我今天還是下去吃飯呢，還是不下去？……”我這樣地猶豫着，也可以說是我有點害怕了。結果，我的肚子命令我下去吃飯，因爲我已經餓得難受了。

我們還是如往時地共棹吃飯。淑君的母親坐在上横頭，今天也似乎有點不高興的神氣，這是因爲輸了錢，還是因爲……？淑君的嫂嫂坐在下横頭，默默地餵她的小孩子。淑君坐在我的對面，她的神氣，呵，她的神氣簡直給我以無限的難過。他這時的臉色是灰白的，一雙大眼充滿了失望的光，露出可憐的而抱怨的神情。我不敢正眼看她；我想說些話來安慰她，但是我能說些什麼話呢？我們三人這樣地沉默着，若除了碗筷的聲音，那嗎全室的空氣將異常地寂靜，如同無人在內似的。這種現象在往時是沒有的。

這種寂靜的空氣將我窒壓得極了，我不能

再忍受，就先勉強地開口說道：

——老太太！今天打牌運氣好嗎？贏了多少錢哪？

——沒有贏多少錢，——她很冷淡地回答我。——沒有事情，打着玩玩。——大家又重復沉默下來了。

——陳先生！——淑君忽然發出很顫動的聲音，似乎經了許多周折，躊躇，忍耐，才用力地這樣開口說道：——你今天出去嗎？

——不出去，密斯章。——我很猜疑地望着她，這時她的臉略起了一層紅暈，兩眼又想看我，又不敢看我似的，接着又很顫動地問道：

——今天來看你的這個女朋友，她姓什麼呀？

——她姓鄭。

——她現在做什麼事情呀？

——現在一個女子小學裏當教員。

——呵呵！……——她又不說話了。

——現在的女學生眞是不得了，——淑君

的母親這樣感慨地說道：—— 居然自己到處找男朋友，軋姘頭：唉！不成個樣子！……

淑君望了她母親一眼。我聽了她的話，一方面覺得她的話沒有道理，一方面却覺得沒有話好駁斥她。我以爲我今天還是以不做聲爲妙，同這些老太婆們總是說不出道理來。

——媽，你這話也說得太不對了！哪能個個女學生都亂軋姘頭呢？當然有好的，也有壞的，不可一概而論。—— 淑君表示不贊成她的母親的意見。淑君的嫂嫂插口說道：

——現在男女學生實行自由戀愛，這不是亂軋姘頭是什麼？去年我們樓上住的李先生，起初本沒有老婆，後來也不知從什麼地方弄來了一個剪了頭髮的女子，糊裏糊塗地就在一塊住起來了。他們向我們說是夫妻，其實沒有經過什麼手續，不過是軋姘頭罷了。後來不知爲什麼吵了一場架，女子又跑掉了。

——自由戀愛本來是可以的，—— 淑君說着這一句話時，將飯碗放下，似乎不再繼續吃的

樣子，呵，她今天只吃了一碗飯！——不過現在有些人胡鬧罷了。女子只要面孔生得漂亮，想戀愛是極容易的事情；而男子呢，也只要女子的面孔生得漂亮，其他什麼都可以不問。男子所要求於女子的，是女子生得漂亮，女子所要求於男子的，是男子要有金錢勢利……唉！什麼自由戀愛？！還不是如舊式婚姻一樣地胡鬧麼？……

淑君說完這些話，就離開桌子，向籐椅子坐下。她又拿起一本書看。我聽了她的話之後，我簡直說不出我的感想來：她是在罵我呢？還是在教訓我呢？還是就是這樣無成見地發發牢騷呢？……

我想在她的面前辯白一下，但我終於止住了口。也好，權把這些話語，當作淑君對於我的教訓罷！

七

光陰如白駒似的，不斷地前馳；我與密斯鄭的感情也日漸地濃厚起來。相識以來，不覺已過了兩個多月了，在這兩個多月之中，我倆雖然不是每日見面，然至久也不過三四日。我倆有時到公園中散步，有時到影戲院看影戲，有時同俞君和密斯黃一塊兒飲酒談心……總而言之，我的生活由枯燥的變爲潤澤的，由孤寂的變爲愉快的了。雖然密斯鄭在我面前總是持着緘默的態度，不肯多說話，——據密斯黃說，這是她生來的性格——從未曾眞切地將她的思想，目的，願

望，及對於生活的態度……說給我聽過，可是我始終原諒她，以爲她是一個很忠實的姑娘，倘若我能好好地引導她，那她一定可以滿足我的願望。我覺着她是很誠摯地愛我的，若我要求與她結婚 那她決不會表示拒絕的。若她不是誠摯地愛我的，那她爲什麼要同我這樣地接近？爲什麼她在俞君和密斯黃面前，極力地表示對於我有好感？是的，她一定很愛我，而且很了解我……

同時，我覺得淑君對我的態度日漸疏淡了，不，這說不上是疏淡，其實她還勉強着維持她原來對於我的態度，不過時常露出失望和怨望的神情來罷了。我對於她很表同情，我想盡我所有的力量來安慰她，但是我，我不能愛她，我的一顆心不能交給她，這倒如何是好呢？唉！我對不起她，我辜負她對於我的眞情了。我應當受嚴厲的懲罰呵！

時局日漸緊張起來了。上海的革命民衆醞釀着對於當地軍閥做武裝的暴動。可敬佩的淑君現在爲着秘密的反抗的工作而勞瘁，很少有

在家的時候。她是在做工會的工作？女工的工作？黨的內部的工作？公開的社會的工作？……關於這些我沒有問她，我以爲我沒有問她的必要。有一次我偶然在她的書中，不注意地翻出一張油印的女工運動大綱，我才敢斷定她近來做的是什麼工作。我想像她努力的情形，不禁暗暗慚愧起來！也許當她在羣衆中聲嘶力竭的時候，就是我陪着密斯鄭或散步，或在戲院尋樂的時候……唉！我這空口說革命的人呵，我這連一個女子都不如的人呵，我眞應當愧死！

密斯鄭，呵，現在讓我簡稱他爲玉弦罷，對於革命這回事情，並不表示十分熱心，雖然她從沒表示反對過，在我的理性上說，我知道俞君所說的"密斯鄭是很革命的……"是錯了，但是在我的感情上，我總以爲玉弦不會不是革命的，因爲她了解我，愛我，凡愛我和了解我的女子，絕對不會是不革命的，如此，我以爲玉弦的思想同我一樣，至少也可以被我引到我所要走的路上來。是的，我眞是這樣地想着！但是天下的事情

眞眞不可拿感情來做判斷！玉弦是不是眞愛上了我？是不是因爲眞正了解了我才愛我？這眞是一個問題罷？這個問題一直到現在我還不敢下一堅決的判斷。……

光陰眞是快的很，轉眼間又是仲春的天氣了。F公園內充滿了濃厚的春意：草木着了青綠的衣裳；各種花有的已經展開了笑靨，有的還在發育着牠們的蓓蕾。遊人也漸漸多起來了，男男女女穿着花紅柳綠的衣裳，來來往往好似飛舞的蝴蝶。他們都好似欣幸地擺脫冬季的嚴枯，乍領受春色的温柔。是的，這正是戀愛的時候，這正是乾坤調協，萬物向榮的時候。

一天下午五點多鐘的光景，F公園內的遊人已漸漸地稀少了，我與玉弦坐在臨近池邊的椅子上。我倆面對着温和的，金黃色的夕陽，時而看看夕陽所映射的波影；在談一些普通的話後，我倆很寂靜地沉默着。她慢慢地把她的身子挨近我一點，我也把我的身子挨近她一點，如此，我倆的身子在最後成爲互相倚靠着的形勢。

我的心開始跳動起來。我將她的右手緊緊地握着，她並不表示拒絕；我先不敢看他的面目，後來我舉起頭來，我倆的四目恰恰相對，這時她的目光顯然是很熱情而興奮的，她的嘴唇也微微地顫動起來。我覺着我再不能保持平靜的，沉默的態度了，於是我就先開口說道：

——玉弦！你愛我嗎？

——我，我愛你，陳先生！——她很顫動地說。

——不，你莫要再叫我陳先生了。你叫我一聲季俠，親愛的季俠，……這樣地叫一聲……

——親愛的季俠！

——呵，我的親愛的玉弦！我的親愛的妹妹！……

——……

——你眞正地愛我嗎？

——我眞正地愛你。

——我是一個窮文人一個窮革命黨人，你不怕我連累你嗎？

——不，不怕……——她停頓了一下才這樣說。

——呵！我的親愛的玉弦！

——我的親愛的季俠！

我一把將她抱到我的懷裏，和她接了很多的甜蜜的吻。這時我愉快，興奮，歡喜到了極度，彷彿進入了仙境的樂園似的。……在熱烈的接吻和擁抱之後，我的一顆爲情愛的火所燒動的心，漸漸地平靜下去，因爲我已決定了她是我的，她是眞正愛我的人了。

夕陽的金影從大地消逝下去，園內樹叢中間的幾盞稀疎的電燈，漸次地亮將起來，——夜幕已完全展開了。我與玉弦走出園來，到一家小飯館吃了飯之後，我卽將她送回學校去。她的學校離我的住處並不甚遠，她進了學校門之後，我卽徒步歸來，這時我的滿身心充滿了愉快，希望和幻想，我幻想我倆結婚採取何種的形式，將來的小家庭如何過法，我如何教導她做文讀書，戀愛的生活如何才能維持得永久不變……總之，

我覺着我是一個很幸福的人，我的將來生活有無限的光明。我斷定玉弦眞是愛我的人，她將給我很多的幫助，將能永遠使我生活在幸福的懷抱裏。我並且想到我這一夜將做一個很甜蜜的很甜蜜的夢，一個流浪的文人，四處飄泊的我，現在居然確定地得到了一個可以安慰我的女子，我的心境是如何地愉快呢？我從沒有這般愉快過！

幸福的幻想不知不覺地把我送到自家的門口來。我剛要舉手搖動門上的銅環時，忽然聽見裏邊客堂內有爭吵的聲音，於是我就停止扣門，靜悄悄地立着，側耳聽裏面到底發生了什麼事情：

——你已經這樣大了，替你說婆家，你總是不願意，你說，你到底想怎麼樣呢？難道說在家裏過一輩子嗎？——老太婆的聲音。

——難道說一個女子一定要嫁人嗎？嫁人不嫁人，這是我自己的事情……

——哼！哼！……——這似乎是淑君的父親

在嘆氣。

——現在的時局很不好，你天天不落家，到底幹一些什麼事？你這一包東西從什麼地方拿來的，你說！一個姑娘家怎麼能做這些事，你也不想想嗎？你難道說眞個同他們什麼革命地胡鬧嗎？……哼！……你就是不替自己想想，你也應當替我們想想！如果鬧出什麼亂子來，你叫我們怎麼得了！……唉！想不到你近來變到這個樣子！……你嫁人不嫁人，我以爲倒沒什麼要緊，可是你什麼革命革命地，那可是不行！……

我聽到此地，不禁暗自想道：“糟了！淑君的事情被她的父親察覺了，這樣怎麼辦呢？……”

——請你們不要大驚小怪的！誰個要去革什麼命來？這一包東西是一個同事交給我的，明天我還是要帶給她的，有什麼大了不得的事情呢？……哼！眞是……

你這話是騙誰的呵！……我看你將來怎麼得……得了……萬想不到你現在會變成這……這……這個樣……樣子……——老太婆哭起來

了。

——好，書也不要教了，我們也不缺少這個錢用。你可以在家裏做點事情，不要出去……

——那可不行！坐在家裏不會悶死掉了嗎？什麼都可以，可是閒坐在家裏是不行的；我也不是一個囚犯！……我任着在大馬路被外國人打死都可以，被兵警捉去槍斃也可以，可是要我在家裏坐着像囚犯一樣，那可不行……

——……

聽到此地，我也沒有心思再往下去聽了。我暗自佩服淑君的不屈的精神，我想進去爲她辯白，解一解她的圍困，但是我轉而一想：“不妥當！我自身是一個唆使的嫌疑犯。我老早就被他們疑惑到什麼革命黨人身上去，爲着方便起見，我還是暫且不進去罷。……”於是我走出街口，順着A路閒蹓了一回。後來覺着無趣，便跳上電車去S路找朋友。幸而C君在家裏，從他的口裏我得知戒嚴司令部昨天槍斃了幾個煽動罷工的學生，今天又逮捕了許多謀亂的工人。C君爲我

述說了許多關於近來政局的消息。我聽了他的話之後，一時慚愧和憤激的情緒鼓蕩起來；我的一顆心只懸在淑君的身上；一兩點鐘以前，我與玉弦在F公園的情景，幾乎完全被我忘却了。

八

說起來，眞也慚愧！我也曾流浪過許多有名的地方，但從未曾去過西湖一次。在上海住了很多年，而上海又是離西湖很近的地方，不過是一夜的火車路程，而我總沒有……唉！說起來，眞是慚愧！“到西湖去呵！到西湖去呵！”我也不知道我曾起過多少次的念頭，但每當決定往西湖遊覽的時候，總是臨時遇着了什麼糾葛的事情發生，絆住我不能如願。我夢想的西湖是多麼美麗，風雅和有趣：湖水的淸澄，風月的淸幽，英雄美人的遺跡，山邱峯巒的別致……所謂明媚善

笑的西子，也不知要怎樣地迷戀住遊客的心魂！“西湖不可不到！我一定要領受一下西子懷裏的溫柔！我一定要與美麗的湖山做一親切的接吻！……”我老是這樣地夢想着，但是至今，至今我還未與西子有一握手的姻緣。

在車馬轟動，煤灰蔽目的上海，眞住得我不耐煩了。我老早就想到一個比較空氣新鮮，人踪寂靜些的地方，舒一舒疲倦的心懷。自從與玉弦決定了戀愛的關係之後，我就常常想與她一塊兒到西湖去旅行。我與她商量了幾次，她甚表同意。她本是先在杭州讀過書的，屢屢爲我述及西湖的令人流連不置，我更爲之神魂嚮往。於是我倆決定利用春假的機會，往西湖去旅行幾天。

但是，我已經說過，我是一個窮苦的文人，到什麽地方去弄到這一筆旅行費呢？第一次去遊西湖，總要多預備一點錢，遊一個痛快才好，况且又與玉弦一塊兒……？我算來算去，至少需要一百元，可是籌得這一百元却非易事。我是以賣文爲生的，沒有辦法籌款，我當然又只得要拿

起筆來絞弄心血了。我於是竭力做文章，預備將一篇小說的代價做遊西湖的旅費。我預先已經與一個出版家約好了，他說，若我將這一篇小說完成，我可以預支一百元的版稅。做文章本來是很苦的事情，爲着急忙賣錢而做文章，則更覺得痛苦異常、不過這一次我的希望把我的痛苦壓迫下去了。我想像到有了一百元之後，我可以與玉弦在西湖的懷抱裏領受無限的溫柔：那時我倆或靜坐湖邊，默視湖水的巧笑；或盪舟湖中，領受風月的清幽；或憑弔古跡，交談英雄美人的往事；……呵！那時我將如何愉快呵！我將愉快到不可言狀罷！是的，那時我將成爲世界上一個最幸福的人……

我的一篇長篇小說終於完成了。當我的小說完成的時候，中國的時局却陡然一變：農工的蜂起驅走了軍閥的殘孽，到處招展着青天白日滿地紅的旗幟。革命軍快到了，整個的上海好像改變了面目，完全被革命的空氣所籠罩着了。我一方面欣幸我的小說終於完成了，我快要與玉

弦往西湖做幸福的旅行，一方面又為整個的上海慶祝，因為上海從今後或可以稍得着一點自由了。

——陳先生！從今後你可以不必怕了，上海將要成為革命黨人的天下了！哈哈哈！——淑君很高興地這樣對我說。

——密斯章，你現在的工作很忙罷？——我問。

——是的，工作忙得很：開會哪，遊行哪，散傳單哪，演講哪……眞是忙得很！不過雖是忙也是高興的！

是的，我高興，淑君高興，我們大家都高興，龐大的上海要高興得飛起來了。不過我的高興有兩種：一種高興是與淑君的高興相同的，一種高興却為淑君所沒料到了，我要與玉弦一塊兒往西湖旅行，我要溫一溫西子的嘴唇……但這一種高興，我却不願向淑君表示出來。

——不料我們也有今日呵！——淑君趾高氣揚地這樣說，彷彿她就是勝利的主人。我也跟

着她說道：

——不料我們也有今日呵！

淑君這幾天的確是很忙，很少有在家的時候，她的父母也無可如何，祇得聽她。我還是如政局未變以前的閒散，沒有什麼正式的政治的工作。有時想起，我好生慚愧：淑君居然比我努力得多了！呵！我這不努力的人呵！……

我一心一意祇希望春假的到來，玉弦好伴我去遊西湖，那美麗的，溫柔的，令我久生夢想的西湖。

我一天一天地等着，但是時間這件東西非常奇怪，若你不等牠時，那牠走得非常之快，若你需要牠走快些時，那牠就擺起一步三停的架子，遲緩得令人難耐。"你快些過罷，我的時間之神！你將春假快些送到罷，我的時間之神！呵！美麗的西湖！甜蜜的旅行！……"我眞焦急得要命！我祇覺着時間之神好像與我搗亂似的，同時我又担心我沒有長久保持這百元鈔票的耐性，因爲我沒有把錢放在箱內，而不去動牠的習慣。

最後，春假是盼望到了，但是，唉！但是不幸又發生了不幸的事變，報紙上刊登了以下的消息：

“*H*地發生事變……敵軍反攻過來……流氓搗毀工會……逮捕暴徒分子……全城秩序紊亂……鐵路工人罷工……”

糟糕，西湖又去不成了！唉！西湖之夢又打斷了！

我眞是異常地失望！我眞未料到我這一次不能圓滿我遊西湖的美夢。錢也預備好了，同伴的又有一個親愛的玉弦，而且政治環境也不如從前的危險了……有什麼可以阻攔我呢？但是現在，唉！現在又發生了這種不幸的事情，——天下的事情眞有許多難以逆料的。唉！我的美麗的西湖，我的不幸的中國！……

清早起來，洗了臉之後，連點心都沒有吃，先拿起報紙來看，不幸竟看到了這種失望的消息。我將這一則消息翻來覆去地看了三四遍，我的神經刺激得要麻木了。我的西湖的美夢消逝

了；這時我幷未想到玉弦的身上。我好似感　得一場大的悲劇快要到來，這一則消息不過是大的悲劇的開始。因此，我的滿身心顫動起來。

"撲通，撲通……"有人走上樓來了。

慘白的，顫動的淑君立在我的面前。她發出急促的聲音來：

——陳先生！你看見了H地的事情嗎？這眞是從何說起呀！

我痴呆地兩眼瞪着她，向她點一點頭。

——這是爲着何來？這革命革得好呀！

——哼！——我半晌這樣地嘆道：——密斯章！你以這件事情爲奇怪嗎？S地也要快了罷。……不信，你看着……

淑君兩眼這時紅起來，閃着憤激的光。她憤激得似乎要哭起來了。我低下頭來，不願再看她的神情。我想說幾句話來安慰她一下，但是我自己這時也憤激得難以言狀，實在尋不出什麼可以安慰她的話。

——哼！……哼！——她嘆着氣走下樓去

了。

淑君走後，我卽向床上躺下，連點心都忘却吃。我又想起西湖和玉弦了：西湖的旅行又不成事實了，唉！這眞是所謂好事多磨！…… 玉弦今天看了報沒有？她看見了這一則消息，是不是要同我一樣地失望？……她今天上午是沒有課的，她大概要到我這兒來的罷……親愛的玉弦……美麗的西湖……悲哀的中國……可憐的淑君……

我眞是異常地憤激和失望。我希望玉弦快些來安慰我，在與玉弦擁抱和接吻中，或者可以消滅我暫時的煩憂。我希望她來，我渴望着她的安慰，擁抱和接吻，但是奇怪，她終於沒有來。也許她今天是很不爽快的罷？也許她今天忙着在罷？不，她今天一定要來！她今天應當來！時間是一秒一分一點地過去了，快到吃午飯的時候了，奇怪，她終於沒有來。

第二天上午玉弦來了。她依然是穿着黑素色的衣服，不過她的面色不似往日來時那般地

愉快了，顯然是很失望的，憂鬱的，或者還可以說，也有幾分是驚慌的。我當然還是如從前一樣地歡迎她，一見她走進我的屋時，我卽連忙上前握她的手，抱她吻她，……但她這一次對我的表示却非常冷淡。我雖然感覺得不快，但我却原諒她：也許她身體不舒服罷？也許因爲杭州發生事變，我們不能做西湖之遊了，她因之失望，弄得精神不能振作罷？也許她因爲別的事故，弄得心境不快罷？……總而言之，我爲她設想一切，我原諒她一切。

我倆並排地坐在床沿，我將她的雙手握着。我還想繼續地吻她，但她似乎故意地將面孔掉過去背着我。

——你昨天上午爲什麼不來呢？——我問她。

——……

她沒有回答我。我接着又問她道：

——你今天似乎很不高興的樣子，難道有什麼心事嗎？請你告訴我，玉弦！

——沒有什麽心事。——她又沉默下去了。

——那麽，你爲什麽不高興呢？是不是因爲*H*地發生了事情，我們西湖去不成了？

——西湖去不去，倒沒什麽要緊。

——你到底因爲什麽不高興呢？

玉弦沉吟了半响，後來很顫動地說道：

——你難道還不曉得嗎？近來，這兩天……

——近來什麽呀？

——近來風聲緊的很，他們說要屠殺……時局危險得很……

——這又有什麽要緊呢？

——難道說你……你……不怕嗎？……

——我怕什麽！我也沒有担任什麽工作，難道說還能臨到我的頭上來嗎？請你放心！

她不做聲，我用手想將她背着我的臉搬過來，但搬過來她又轉將過去了。我這時眞猜不透她是什麽意思。若說是她怕我有危險，爲我担心，那她就應當很焦心地爲我籌劃才對，決不會這樣就同生氣的樣子。若說是因爲憤激所致，但

她却沒有一點憤激的表示。……這眞教我難猜難量了！沉默了一忽，她先開口說道：

——我要回家去……

——現在回家去做什麼呢？

——我的母親要我回家去。

——你的母親要你回家去？你回家去了，把我丟下怎麼辦呢？我現在的生活是這樣地煩悶，時局又是這樣地不好，你回去了，豈不是更弄得我難受嗎？

——……

——你能忍心嗎？我的玉弦！……

——我沒有法子想，我一定要回去。

——那嗎你什麼時候才能回上海呢？

——說不定，也許要兩個禮拜。

我到這時再沒有什麼話可說了。生活是這樣地煩悶，時局是這樣地不好，而她又要回家去……唉！我沒有話可說了。我沒有再說挽留她的話，因爲我看她的意思是很堅決的，就是挽留也是不發生效力的。呵！愛人！……安慰！……甜蜜

的幻想！……這時對於我所遺留的，祇是無涯的悵惘，說不出的失望。

——天不早了，我要回去了，下午還有課………

她立起身，我也隨着立起身來，但沒說一句話，似乎失落了一件什麼要用的東西，而又說不出什麼名字來。我送她下樓，送她走出門外，如往時一樣，但是往時當她臨行時，我一定要吻她一下，問她什麼時候再來，今天却把這些忘却了。當我回轉頭來經過客堂時，淑君含笑地問我道：

——陳先生！密斯鄭的學堂還在上課嗎？

——大約還在上罷。——我無精打彩地回了一句。

——近來風聲很緊，有很多的人都跑到鄉下去了。

——是的，密斯鄭說她也要回家去。

——她也怕嗎？哈哈！這又有什麼怕的呢？

——我不知道她怕不怕，也許是因為怕的

原故罷？

——陳先生！祗有我們才不怕……

淑君說這句話時，顯現出一種矜持的神氣。她的面孔蕩漾着得意的波紋，不禁令我感覺得她比往日可愛些。

九

過了三天，我接到了玉弦一封簡單的信，信上說，她不得已因事回家，上車匆匆，未及辭行，殊深抱歉，請我原諒……呵！就是這樣簡單的幾句話！我眞沒有料得到。這封信所給我的，也祇是無涯的惆悵，與說不出的失望。

玉弦走了的第二天，空前的大屠殺卽開始了。……

我是一個流浪的文人，平素從未曾做過實際的革命的運動。照理講，我沒有畏避的必要。我不過是說幾句閒話，做幾篇小說和詩歌，難道

這也犯法嗎？但是中國沒有法律，大人先生們的意志就是法律，當你被捕或被槍斃時，你還不知道你犯的是那一條法律，但是你已經是犯法了。做中國人眞是困難得很，即如我們這樣的文人，本來在各國是受特別待遇的，但在中國，也許因爲說一句閒話，就會招致死刑的。唉！無法的中國！殘酷的中國人！……但既然是這樣，那我就不得不小心一點，不得不防備一下。我是一個主張公道的文人，然而我不能存在無公道的中國。偶一念及我的殘酷的祖國來，我不禁爲之痛哭。中國人眞是愛和平的嗎？喂！殺人如割草一般，還說什麼仁慈，博愛，王道，和平！如果我不是中國人；如果我不同情於被壓迫的中國羣衆，那我將……唉！我將永遠不踏中國的土地。

我不得不隱避一下。我的住址知道的人很多，這對於我的確是一件危險的事情，我不得不做搬家的打算。是的，我要搬家，我要搬到一個安全的，人所不知的地方。但是我將如何對淑君的家人，猶其是對淑君，怎樣說法呢？我住在她

的家裏已經很久了，兩下的感情弄得很濃厚，就同在自己的家裏一樣，今一旦無緣無故地要搬家，這却是從何說來？得罪了我嗎？我住着不舒服嗎？若不是因爲這些，那嗎爲什麼要搬家？將我要搬家的原因說與他們聽，這又怎麼能夠呢？我想來想去，於是我就編就了一套謊語，不但騙淑君的家人，而且要騙淑君。呵！倘若淑君得知道了這個，那她不但要罵我爲怯懦者，而且要罵我爲騙子了。

日裏我在S路租定了一間前樓，這個新住所，我以爲是比較安全的地方；當晚我即向淑君的家人說，——淑君不在家，——我要離開上海到西湖去，在西湖或要住半年之久，因此，不得不將我的書籍及一切東西寄存到友人的家裏。等到回上海時，倘若他們的這一間樓面到那時沒有人住，我還是仍舊搬來住的，因爲我覺得我們房東和房客之間的感情很好，我並且以爲除了他們這樣的房東而外，沒有再好的房東了。

——到西湖去住家？爲什麼要到西湖去住

家？在上海住不好嗎？我們已經住得很熟了，不料你忽然要搬家……

淑君的嫂嫂聽了我要搬家的話，很驚異地，而且失望地向我這樣說，我的回答是：學校關門了，薪水領不到，現在上海又是百物昂貴，我一個人的生活非百元不可，現在不能維持下去了。所以不得不離開上海。西湖的生活程度比較低些，每月只要三四十元足矣，所以我要到西湖住半年，等到上海平靜了，學校開門的時候，我還是要回上海的。

我這一篇話說得他們沒有留我的餘地。淑君的母親不做聲，表示着很不高興的樣子；淑君的父親聽了我的話之後，竭力稱讚我的打算是很對的。淑君這時還沒有回來，也許在那裏工作罷；如果她聽了我要離開她的話，那她將做什麼表示呢？我想她一定很不願意罷？……好，這時她不在家裏，對於我是很方便的事情，——我不願意看見她臉上有挽留我的表情。她的家人無論那一個，要說挽留的話，我都易於拒絕，但是

淑君有什麼挽留我的表示，那我就有點爲難了。

第二天清早我卽把東西檢點好了。淑君平素起身是很宴的，不料今天她却起來得很早。我本想於臨行時，避免與她見面，因爲我想道，倘若我與她見面，兩下將有說不出的難過。但是今天她却有意地起來早些，是因爲要送我的行呢？還是因爲有別的事情？我欲避免她，但她却不欲避免我，唉！我的多情的淑君，我感激你，永遠地感激你！

淑君的父親和哥哥很早地就到公司裏去上工去了。老太婆還沒有起來。當我臨行時，只有淑君和她的嫂嫂送我。她倆的臉上滿露着失望的神情。淑君似乎有多少話要向我說的樣子，但是終于緘默住了。只有當我臨走出大門的一刻兒，淑君依依不捨地向我問道：

——陳先生！你現在就走了嗎？

——……

我只點一點頭，說不出什麼話來。

——到西湖後還常來上海嗎？

——我至少一個月要來上海一次，來上海時一定要來看你們的。

——那可是不敢當了。不過到上海時，請到我們家裏來玩玩。

——一定的……

——陳先生！你該不至於忘記我們罷？……

淑君說這話時，她的聲音顯然有點哽咽了，她的面色更加灰白起來。我見着她這種情形，不禁覺得無限的難過，恨不得把她的頭抱起，誠誠懇懇地吻她一下，安慰她幾句。她的嫂嫂立在旁邊不做聲，似乎懷着無涯的怨望，這種怨望或者是爲着淑君而懷着的罷？……我很難過地囘答她一句，同時望着她的嫂嫂：

——絕對地不會！密斯章！嫂嫂！好，時間不早了，我要走了，再會罷！……

我走了。我走到衖堂口囘頭望時，淑君和她的嫂嫂還在那裏痴立着目送我。我想囘頭再向她們說幾句安慰話，但挑東西的人已經走得很遠了，我不得不跟着他。

我對於淑君，本沒有戀愛的關係，但是當我現在離開她時，我多走一步，我的心即深一層的難過，我的鼻子也酸了起來，似乎要哭的樣子。我也不知道這是因為什麼。難道說不自覺地，隱隱地，我的一顆心已經為她所束住了不成？我並沒曾起過愛她的念頭，但是這時，在要離開她的當兒，我卻覺得我與她的關係非常之深，我竟生了捨不得她的情緒。我覺着我離開她以後，我將感受到無限的孤寂，更深的煩惱。呵！也許無形中，在我不自覺地，我的一顆心已經被她拿去了。

我搬到新的住處了。

新的房子新的房東，我都沒感覺到有什麼不好的地方，但我感覺得如失了一件什麼東西似的。我感覺得有點不滿足，但是什麼東西我不滿足呢？具體地我實在說不出來。淑君在精神上實給與了我很多的鼓勵和安慰，而現在她不能時常在我的面前了，我離開她了。……

我搬進新的寓所以來，很少有出門的時候。光陰一天一天地過去，我的煩惱也就一天一天

地增加。本想在這種寂靜的環境中，乘着這少出門的機會，多寫一點文章，但是無論如何，提不起拿筆的興趣。日裏的工作：看書，睡覺，閒踱，幻想；晚上的工作也不外這幾項，並且孤燈映着孤影，情況更覺得寂寥難耐。"呵！倘若有一個愛人能夠安慰我，能夠陪伴着我，那我或者也略爲可以減少點苦悶罷？……唉！這樣簡直是在坐牢！……倘若玉弦不回家，倘若她能天天來望望我，談談 吻吻，那我也好一點，但是他回家去了……不在此地……"我時常這樣地想念着。我一心一意地希望玉弦能夠快些來上海，至少她能夠多寄幾封安慰我的信。光陰一天一天地過去，我的煩惱也就一天一天地增加，我的希望也就一天一天地殷切，但是老是接不着玉弦的來信。玉弦不但不快些來上海，而且連信都不寫給我，不但不寫信給我，而且使我不能寫信給她，因爲我雖告訴了她我轉信的地方，而她並沒有留下通信地址給我。

"難道是她變了心嗎？……"我偶爾也想到

此，但即時我又轉過念頭，責備自己的多疑："不會！不會！絕對不會的！我倆的關係這樣深，我又沒有對不起她的地方，她哪能就會變了心呢？……大約是因爲病了罷？也許是因爲郵政不通的原故。……她是個很忠實的女子，絕對不會這樣地薄情！……"當我想到"也許是因爲病了罷？……"我不禁把自身的苦悶忘卻了，反轉爲玉弦焦急起來。

已經過了兩禮拜了，而我還未得到玉弦的消息。我眞忍耐不下去了，於是決意到她的學校去探問，不意剛走進學校的門，即同她打個照面。她一見到我時，有點侷促不安的樣子，面色頓時紅將起來。我這時眞是陷於五里霧中，不知她究竟是怎麼一回事：難道說沒有回家去？回家去了之後，爲什麼不寫信給我？既然回到上海了，爲什麼不通知我一聲？爲什麼今天見着我不現着歡欣的顏色，反而這樣侷促不安？奇怪！眞正地奇怪！……我心裏雖然這樣懷疑，但是我外貌還是很鎮定地不變。我還是帶着笑向她說道：

——呵呵！我特爲來探聽你的消息，却不料恰好遇着你了。你什麼時候回到上海的？

——我是昨……昨天回到上海的。——她臉紅着很遲鈍地這樣說了一句，便請我到會客室去，我跟着她走進會客室，心中不禁更懷疑起來：大約她是沒有回去罷？

——一路上很平安嗎？

——還好。

——你走後，我從未接到你的一封信，眞是想念得很；你沒有留給我你的通信處，所以我就想寫信給你，也無從寫起。

——呵呵！眞是對不起你的很！

——你沒到我的原住處去罷？我搬了家了。

——呵呵！你已經搬了家了！

——今天你能跟我一塊兒到我的新住處坐一下嗎？

她低下頭去，半晌抬起頭來說道：

——今天我沒有工夫，改一天罷……

——你什麼時候有工夫？

——後天下午我到你那兒去。

——好，後天我在家裏等你。

我將我的住處告訴了她之後，見着她似乎是很忙的樣子，不願意耽誤她的事情，於是就告辭走回家來。

照理講，愛人見面，兩下應當得着無限的愉快和安慰，但是我今天所帶回家來的，是滿腹的懷疑，一些不是好徵兆的感覺。"無論好壞，她變了心沒有，等到她後天來時，便見分曉了。唉！現在且不要亂想罷！……"於是我安心地等着，等着，等着玉弦的到來。

過了一天了。

到了約期了。

在約會的一天，我起來非常早，先將房內整理一下，後來出去買一點果品等類，預備招待我的貴重的客人，可是我兩眼瞪着表，一分過去了，……一點過去了……直到了要吃中飯的時候，而玉弦的影子還沒有出現。"是的，她上午無空，下午才會來的，好，且看她下午來不來……"

我無可奈何地這樣設想着。我兩眼瞪着表，一分過去了，一點又過去了……天快黑了……天已經黑了……玉弦還是沒有來。到這時我已決定玉弦是不會來的了，於是也就決定打斷盼望她來的念頭。我這時的情緒誰能想像到是什麼樣子麽？我說不出牠是什麼樣子，因爲我找不出什麼適當的形容詞來形容牠。

我幾乎一夜都沒曾睡着。這一夜完全是消磨在無涯的失望和悵惘裏。雖然我還不能斷定玉弦的不來，是因爲她已經變了心的原故，但是我已經感覺到我與她的關係已經不是和從前一樣固結的了。

第二天上午我接到了玉弦的一封信：‘季俠：今日因事，不能踐約，實深抱歉。他日有暇，請再函約可也。時局如斯，請勿外出，免招禍患……”這一封信將我對於她的希望，完全打消了，我覺得她已經不是我的了。我只有失望，只有悲哀。但我不再希望了。到現在我才覺悟我對於玉弦沒有認識清楚，我看錯人了。我從前總以爲

她是一個很忠實的女子，既經愛上了我，絕對不會有什麼變更的，但是現在？唉！現在的她不是我理想中的她了！

我不怨她，我只怨我自己看錯人了。我不恨她，我反以爲她的爲人是可憐的。……她的心靈太微小了！她是一個心靈微小的女子……

我看了她的信，沉思了一忽，即寫一封信給她，做最後一次的試探。我問她：我們長此做朋友呢，還是將來要發生夫婦的關係？……我不得不如此問她，並要求她給一個堅決的回答，因爲我們有約，我已經允許過她，倘若如此含混地下去，在我以爲是沒有意義的。在寫這一封信的時候，我已料到她給我的回答，是我們只能維持朋友的關係，但我要求她給我這樣一個正式的回答，因爲我藉此可以完全決定我對於她的態度。

結果，她的回答與我的預料相符合。她說，我倆的情性不合，所以說不到結成夫婦的關係……呵！是的！我倆的情性的確是不合呵！這不但她現在向我這樣說，我自己也是這般承認的，

如果兩人的情性不合，那嗎怎麼能維持戀愛的關係呢？情性不合，就是朋友的關係都難保存，何況戀愛？是的，我承認玉弦的話是對的。不過我很奇怪：相交了幾個月，爲什麼到現在她才發見我倆的情性不合？爲什麼我到現在也才感覺到我倆沒有結合的可能？我倆不是有過盟約麼？不是什麼話都談過麼？不是互相擁抱過，接吻過麼？……但是現在却發見了"情性不合"！這是誰個的錯誤呢？

我讀了她的回信後，即提起筆來很堅決地寫了幾句答覆她："你所說的話我完全表示同意。戀愛本要建築在互相了解和情性相投的基礎上面，不應有絲毫的勉強。我倆既情性不投，那麼我們當然沒有結合的可能。呵！再會！祝你永遠地幸福罷！我倆過去的美夢，讓我們堅決地忘却牠罷！……"

我每讀小說的時候，常常見着一個人被她或他的情人所拒絕時，那他或她總是要悲哀，苦悶，有時或陷於自殺 有時或終於瘋狂……但我

接着玉弦拒絕我的信的時候，我的心非常地平靜，平靜得比未接着她的信的時候還要平靜些。這是我的薄情的表現嗎？這是因爲我沒曾眞心地愛過她嗎?啊，不是！這是因爲她把我所愛的東西從她自己的身上取消了。我對於過去的玉弦，說一句良心話，曾熱烈地愛過，因爲我把我理想的玉弦與事實的玉弦混合了;現在呢?她將我理想中的玉弦打死了，我看出了事實的玉弦的眞面目，所以我不能再向她求愛了，所以當她拒絕我的時候，我的心異常地平靜。

F 公園初次的密吻，春風沈醉的擁抱，美麗的西湖的甜夢，一切，一切，一切的幻想，都很羞辱地，無意味地，就這樣地消逝了!……

十

與淑君別後，已有兩個禮拜了，她的消息我是完全不知道。有時我想到她的家裏看看她，但當我向她辭行時，我不是說過麼？我說我到西湖去，一個月或能到上海一次，現在還未到一個月，我如何能去看她呢？如果被她看出破綻來，那我將如何對她說話呢？說也奇怪，當我與她同屋住的時候，我並不時常想到她的身上，但是現在與她分離了，我反而不斷地想念她。她的影子時常縈迴於我的腦際。自從玉弦與我決裂後，——呵，其實也說不上什麼決裂不決裂，我與她

的關係不過就是這樣很莫明其妙地中斷能了。——我更時常地念及淑君，雖然這種念及並沒含有什麼戀愛的意味，但我覺得我與她的關係，倒比與她同屋住的時候的關係為深了。我覺得我的一顆心被她拿去了，我就是想忘却她，也忘却不掉，我沒有力量能夠忘却她。

如果淑君知道我的這種心情，要向我罵道："你這個薄情的人！你這不辨好壞的人！當人家將你拋棄的時候，你才知道念我，唉！誰要你念我？你還配念我嗎？……"我也只得恭順地承受着，因為我以為我應當受她的懲罰。她不懲罰我，我對於她的罪過，將永遠消除不掉，我的心靈上的痛苦將永無窮盡。現在我情願時常立在她的面前，受她的懲罰，但是好生悲痛呵，這已經是不可能的了！我的一顆心將永遠地負着巨大的創傷。

報紙上天天登載着逮捕和槍斃暴徒分子的消息，為避免意外的災禍計，我總以不出門為宜。一天下午我實在悶不過了，無論如何，想到

大馬路逛一逛，帶買一點東西。我剛走到新世界轉角的當兒，在我的前面有三個女學生散傳單，我連忙上前接一張，這時我並沒注意到散者的面目，忽然一個女學生笑着說道：

——原來是陳先生！……

——呵呵，密斯章，很久不見了。

——什麼時候從西湖來的？

——昨天，密斯章！——我四外望一望，很驚心地向她們說道：——散傳單，事情是很危險的，你們要小心些才是！

——沒有什麼，——她也四外地望一望，笑着說道：——捉去頂多不過是槍斃罷……陳先生，我問你，密斯鄭現在好嗎？

——她，她……——我的臉有點發燒了。——我很久不見她了。她現在如何，我不知道。

——難道說……？——她很驚異地，這樣吞吐地問我。

——我已與她沒有什麼關係了！

——淑君！淑君！我們快走，巡捕來了，……

——淑君的兩個女同伴這樣驚惶地催促她，她不得不離開我。我似乎有很多的話想向她說，但是已無說的機會了。我癡呆地站着看她們走去，我想趕上她們，與她們一塊兒……我想與淑君一塊兒被捕，一塊兒被槍斃，但我終於沒有挪步。呵！我這個無勇的人！我這個怯懦者！我將永遠在淑君的靈魂前羞愧！……

不料這次匆促的會面，即成爲了永遠的訣別！天哪！事情是這樣地難測，人們是這樣地殘酷！一個活潑潑的淑君，一個天使似的女戰士，不料在與我會面的後幾日，竟被捉去秘密槍斃了！唉！這是從何說起呢？難道說世界上公道是沒有的麼？難道說眞是長此不見正義和人道麼？唉！我的心痛…… 我若早知道這一次的會面即爲永別的時候，那我將跟着她，與她並死在一塊兒，雖死也是榮耀的。現在的世界還有什麼生趣呢？眞的，對於有良心的和有膽量的人們，只有奮鬥和死的兩條路 不自由毋寧死呵！

在與淑君會面的這一天晚上，我的神魂覺

得異常地不定；我竭力想將淑君忘却，但結果是枉然。我已發生了就同有什麼災禍要臨頭的感覺……"現在殺人如蔴，到處都是恐怖……每一個有良心的人都有被殺頭的危險……淑君？淑君也許不免呵！……唉！簡直是虎狼的世界……"我總是這樣地凝想着，淑君的影子隱現在我的面前，她就同纏住了我似的，我無論如何擺脫她不掉。

這究竟是怎麼一回事呢？連我自己也解釋不出來。

在第四天的上午，我决定到淑君的家裡去看看。我走進門的時候，淑君的母親坐在客堂左邊的椅子上，她的兩眼紅腫得如桃子一般，面色異常地灰白。淑君的嫂嫂坐在她的旁邊，低着頭做女工。她們見着我進門的時候，並不站立起來迎我，只是痴呆地緘默地向我望着。我見着她婆媳倆這般的模樣，不知她們家中發生了什麼不幸的事情，一時摸不着頭緒。我向右邊的一張椅子坐下後，兩眼望着她們，不知如何開口。

大家這樣地沉默了幾分鐘。

——陳先生，你來了嗎？——淑君的嫂嫂先開口問我。

——我來了，來看你們。

——你是來看淑君的嗎？

淑君的嫂嫂剛說完這一句話，淑君的母親就放聲哭了起來。我不知道這是因爲什麼，但我已感覺到是因爲什麼了。我一時心裏難過得不堪，也似乎想哭的樣子。沉吟了半晌，我很顫動地問道：

老太太爲什麼這樣傷心呢？

——你，你……你難道還不曉得她？……——淑君的嫂嫂也哭起來了。

——嫂嫂，我不曉得……

——淑君已經死了，並且死得很……很慘……

——什麼時候死……死的……？——我無論如何也忍不住不哭了。

——聽說是前天晚上槍斃的……秘密地槍

髏的……可憐屍首我們都看不見……

淑君的嫂嫂和她的母親越加痛哭起來了。這時的我，唉！我的心境是怎樣的難過！唉！我也同她們一樣，我只有哭！說不出的悲痛！

天哪！這是什麼世界！我，我簡直要發瘋了！……

最後，我勉強忍住哭，向她們說了幾句話，即告辭走出門來。我走到街堂口時，見着街上如平素一樣地平靜，人們還是來來往往，並沒有什麼異樣，我的心茫然了。我向什麼地方去呢？回家去？回家去幹什麼呢？我應當去找淑君，追尋淑君的魂靈！

天哪！這是什麼世界！我，我簡直要發瘋了！……

我買了一瓶紅玫瑰酒和一束鮮花，乘車至吳淞口的野外。我尋得一塊干淨的草地，面對着汪洋的大海，將酒瓶打開，將一束鮮花放好，即開始向空致祭。我放聲痛哭，從來沒有這樣痛哭過，我越哭越傷心，越傷心越痛哭，一直哭到夕

陽西墜。

她生前我既辜負了她，她死後我應以哭相報。我哭到不能再哭的時候，心內成了一首哀詩，就把我這首哀詩當我永遠的痛哭罷！

到處都是黑暗與橫馳的虎狼，
在黑暗裏有一隻探找光明的小羊；
不幸虎狼的魔力太大了：
小羊竟爲着反抗而把命喪。
唉！我的姑娘！
我懷着無涯的悵惘。

回憶起往事我好不羞慚！
我辜負了你的情愛綿綿。
如今我就是悔恨也來不及了，
我就是爲你心痛也是枉然。
唉！我的姑娘！
我只有對你永遠地紀念。

我想到你的靈前虔誠地奠祭，

但誰知道你的屍身葬在何地？
在荒丘野塚間被禽獸們吞食，
抑飽了魚腹連骨骼都不留痕跡？
唉！我的姑娘！
且讓我將你葬在我的心房裏。

歸來罷，你的俠魂！
歸來罷，你的精靈！
這裏是你所愛的人兒在祭你，
請你寬恕我往日對你的薄情。
唉！我的姑娘！
拿去罷，我的這一顆心！

這一瓶酒當作我的血淚；
這一束花當作我的誓語：
你是爲探求光明而被犧牲了，
我將永遠與黑暗爲仇敵，
唉！我的姑娘！
我望你的魂靈兒與我以助力。……

現代